말하는 고양이 호섭 씨의 일일

에? 내가 왔어.

내가 누구냐고?

정말… 몰라?

나 힘쎄고오오~.

(진짜야아아아아.)

엄청나게 잘생기고~~.

말 잘하는~~ 고양이야~!

내가 진짜 고양이로 보여?

그 말은 너희가 날 좋아한다는 뜻이야.

상상도 못 한 전개!

나도 가끔 내가 무슨 말을 하는지 모르겠어.

일러두기

저자 고유의 말맛을 살리기 위해 표준어와 다르게 표기한 부분이 일부 있습니다.
책 속의 QR코드를 스캔하면 동영상과 함께 감상하실 수 있습니다.

즐겁고, 살짝 애잔한
성장 포토 에세이

말하는 고양이 호섭 씨의 일일

김주영 글·사진

미래의창

2장

호섭이는 어쩌다 우리랑…? 100

호섭 씨의 라떼

3장

사람들을 사로잡는 대화의 기술? 170

호섭 씨의 말, 말, 말

호섭 씨를 아시나요?

김.호.섭.

고양이가 말한다면 우리는 어떤 대화를 할 수 있을까요?

귀여운 고양이를 보면 이런 상상을 한 번쯤 하게 되지 않나요? 그 상상이 현실이 된다면 어떻게 하겠어요? 우리 집에는 한글을 마스터한 고양이, 호섭이가 있습니다. (물론 진심으로 하는 말은 아닙니다.)

호섭이는 "야옹~"하고 울지 않아요. "가~나~다~"하고 웁니다. 독특하게 울다 보니 SNS에서는 말하는 고양이로 유명하죠. 정말 대화하는 것같이 정확한 발음과 상황에 맞는 소리를 내서 어떤 분들은 호섭이가 정말 인간에게 말을 거는 게 아니냐는 재미난 상상을 하기도 합니다.

이 책의 주인공 호섭이는 2020년 4월 10일생 추정으로 2024년 기준 네 살 남자아이랍니다. 이렇게 귀여운 외모에 왜 이름이 호섭이인지 묻는 분들이 많아요. 큰누나가 호섭이를 보자마자 앞머리 스타일이 바가지 머리니까 호섭이 머리! 그래서 김호섭이 되었답니다. 정말 큰 뜻이 없는 이름이라 지금 와서는 호섭이에게 미안하기도 합니다.

호섭이는 어머니, 아버지, 첫째 오빠, 큰누나, 작은누나와 함께 살고 있습니다. 두 명의 누나는 호섭이를 유난스럽게 사랑해서 SNS에서 호섭이 매니저 역할을 자처하고 있어요. 우리끼리 부르기 편하게 큰누나는 큰누, 작은누나는 작누라고 부르고 있습니다. 참고로 이번 글을 전하는 사람은 큰누입니다.

자, 이제 호며드세요.
얍 🫶 🐱 🖤 👍

가~

나?

다아아아아

눈나~!!

1장

안녕함? 말 많은 호섭이야!

우리와 함께하는
호섭 씨의 하루

누나랑 셀카도 찍고

양말도 신고

신발도 사고~
(참고로 나 왕발임, 사이즈 255)

나 좀 알차게 사는 듯

AM 06:30   기상, 집안 순찰. 가족들의 안전은 내가 지킨다.
           [추가] 창문 옆 실외기 뒤에 새 둥지 발견. 집 한
           바퀴 돌고 마지막으로 새 둥지 확인!

AM 08:00   누나 몰래 엄마한테 간식 얻어먹기. 누나 일어나면
           약 먹고, 밥 먹기.

자유시간   창밖 구경하거나 안방 캣타워에서 낮잠.
           (화장실은 언제 가냐고 묻지 마세요. 비밀이랍니다~)

PM 06:30   다시 간식 먹고, 저녁밥 먹기.

PM 09:00   약 먹기. 사냥놀이도 조금 하다가 마지막 보상간식!

AM 12:00   꿈나라로~

※ 주의 ※

위 계획이 집사로 인해 변경될 시,
호(섭) + (사)이렌이 울리게 됩니다.
집사 여러분, 고양이 루틴을 꼭
기억하고 맞춰서 행동하세요!!

(불안) (초조) 시…시간이!! 지금 9시라고!! 빨리!!!!
정해진 스케줄대로 움직이라고!!

난 다 계획이 있다고~.

막내아들 호섭 씨

호섭이 성격은 딱 늦둥이 막내아들입니다. 부모님은 뒤늦게 찾아온 막내아들인 호섭이에게 엄청난 사랑을 주고 있어요. 거의 손주 보시듯 합니다. 부모님은 누나들보다 일찍 기상해서 하루를 시작하는데요, 호섭이는 그때마다 부모님에게 쪼르르 달려가서 그 앞에 앉아있어요. 그럼 두 분은 아침밥을 못 먹은 호섭이가 배고프겠다며 간식을 줘요. 저녁도 마찬가지죠. 부모님이 퇴근하고 집에 오면, 호섭이는 쪼르르 달려갑니다. 그럼 두 분은 호섭이가 제일 먼저 반긴다고 간식을 줘요.

　　하루는 호섭이가 밥을 잘 안 먹는 날이 있었습니다. 제가 부모님에게 호섭이가 요즘 컨디션이 안 좋은 건지 밥을 안 먹어서 병원에 가야 할지 모르겠다며 고민을 털어놓았는데요. 글쎄, 바로 실토하더라고요. 저 몰래 간식을 줬다고요⋯!
두 분은 간식을 원하는 호섭이
눈을 차마 외면할 수 없었던
것 같습니다.

마! 엄마 왔어!! 누나는 죽었어!

까까 안 주는 사람　　　　　　　　나쁜 사람!!!

부모님은 호섭이를 정말 사랑하고 있어요. 스마트폰 케이스, 이어폰 케이스, 키링 모두 호섭이 굿즈고 심지어 아버지는 본인 업무용 노트북에 500원짜리 동전보다 큰 호섭이 스티커 사진을 세 개나 붙여놓았어요. 그리고 주변 사람들이 조금만 관심을 보이면 애가 요즘 말하는 고양이로 유명한 고양인데, 우리 집 고양이라고 자랑한답니다.

　　호섭이를 만나고 부모님의 새로운 모습을 알아갑니다. 큰누와 작누는 두 분이 표현을 이렇게 잘하는지 몰랐거든요. 어머니와 아버지는 호섭이와 눈만 마주쳐도 사랑한다고 하고, 우리가 거칠게 놀면 호섭이를 괴롭히지 말라고 하더라고요. 제가 다 질투가 난다니까요. 그래서 일까요? 호섭이는 저랑 놀다가 도망가면 항상 안방으로 뛰어가고 배고프면 어머니 주변을 서성거린답니다.

　　정말 딱 늦둥이 막내아들이죠?

엄마~ 누나 화장실 갔어.

나 냉동실에서 까까 하나만 주세요오~히.

내가 왜 목욕을…?

내 냄새… 내 추억… 한순간에 다 사라졌어.

●●●●.▲▲.■■.Mon

왜 씻어야 하는 걸까? 물부족국가에서 사는 고양이인 내가 우리나라를 위해
희생해야겠다. 나 대신 씻을 사람? 난 안 씻어도 되는데.

　　이빨 닦고 치약이 묻어서 한 번, 츄르탕 먹고 턱 더러워졌다고 한 번,
화장실 모래로 장난쳤다고 한 번. 자꾸 고양이 세수를 시키는 누나다. 내가
알아서 그루밍할 건데, 왜 참견이야. 증말. 잘 준비를 다 하고 이제 잠들려고
하는데 누나가 내 겨드랑이에 얼굴을 자꾸 비빈다. 내 몸에 누나 얼굴 냄새가
옮았다. 에잇!! 나 자려고 했는데 다시 씻어야 하잖아!! 귀찮아.

31

🐾 냥빨의 비법

준비물 수건 세 장 이상, 반려동물 샤워기헤드, 반려묘 전용 샴푸

---

1. 머리카락도 물에 충분히 적셔야 두피 각질도 쉽게 제거되는 원리 아시죠? 충분히 적셔주세요.
2. 반려동물 샤워기헤드로 덜 예민한 부분부터 살살 마사지해줘요.
3. 샴푸 쓱싹! (눈, 코, 귀에 거품 들어가면 너 죽고 나 죽는 겁니다.)
4. 지금부터 시간과의 싸움. 아주 빠르고 깨끗하게 헹궈주세요.
5. 바닥에 수건 한 장을 깔고 그 수건 위에서 다시 수건, 그리고 드라이~!
6. 수건 한 장은 등을 감싸고, 한 장은 얼굴과 목 부분을 감싸줍니다.
7. 이제 바로 고양이를 들고 따뜻한 방으로 달려갑니다.

※ 필수 ※ 약 일 년간의 화장실 훈련!
① 화장실에서 간식 주기
② 물을 바닥에 뿌리고 마음껏 놀도록 하기
③ 화장실을 본인 영역으로 인지하게 오픈해주기

호섭이는 등에 비듬이 심각하면 씻어요. 예전에는 한 달에 한 번 씻겼는데 요즘은 비듬이 보이면 바로 씻기고 있습니다. 앞 페이지의 냥빨은 삼 개월 만이라 모두가 어색한 상황이네요.

자주 씻긴다고 생각할 수 있겠습니다. 하지만 우리 가족 중 한 명은 먼지 알레르기, 또 한 명은 고양이 털 알레르기 살짝, 먼지 알레르기 살짝, 그리고 비염이 심각…. 이 상황이라서 서로 배려하고 있어요. 호섭이도 물에 대한 스트레스가 적은 편이라 더 수월하게 냥빨을 하고 있습니다.

날 씻겼어?! 복수할 거야!

(광👀기)

●●●●.▲▲.■■.Thu

오~늘 눈이 왔다.

　아침부터 누나들이 나가더니 눈을 들고 와따. "오늘이 날이다!!"라며
하얀 눈을 바닥에 뿌렸다. 엄마한테 일러야지.

　그러더니 갑자기 눈이 더럽다며 샤워하자고 했다. 눈나들이 말한 '날'이
'샤워하는 날'이었다면 나는 안 놀았을 거다.

　이 나쁜….

흐흐흐.

저 눈나는 모를 거야.

내가 지 휴대폰에 돈구녕 비빈 거….

누나는 내가 얼마나 무서운 고양인지 모를 거야

흠…

호섭이도 복수를 합니다. 누가 머리카락을 쭉 잡아당기는 느낌이
들면 바로 거기에는 호섭이가 있습니다. 하하하. 이럴 때마다 정신이
맑아지네. 호섭이의 소심한 복수는 언제 끝나려나. 방심은 금물.

내래~

니 머리칼을 다 뽑아 주가써.

세상에서 제일 귀여운 냄새

고양이도 발바닥에서 꼬순내가 나요.
그 꼬순내보다 더 귀여운 냄새가 있어요.

  추운 겨울 코와 손이 빨개진 채로
  집에 돌아와 따뜻한 물로 씻고 뽀송한 잠옷으로
  갈아입은 상태에서
  두툼한 이불 사이로 들어가 누워 코를 이불에 묻고
  숨을 크게 들이마셨을 때 나는 냄새,
  바로 우리 호섭 씨 몸에서 나는 냄새입니다.

그 냄새가 제일 진하게 나는 부위가 어딘지 아시나요? 정답은
겨드랑이 바로 아랫부분입니다. 귀 뒤라고 생각하셨나요?
그 부위는 가장 부드럽지만 귀 냄새와 다른 냄새들이 섞여서
생각보다 진한 냄새가 나진 않아요. 호섭이가 새우 자세로 잘 때
얼굴을 마구 비비면서 겨드랑이 냄새를 맡으면 이 세상 두려울 것이
다 사라지고 오늘도 호섭이를 위해 열심히 살겠다는 결심이 서요.
너의 행복을 위해! 이 누나가 널 위해 오늘도 힘내볼게!! 행복만
해라.

졸려어···

내 단점?

내가 단점이 있나?

뭐가 있지…?

이렇게 귀여운데?!

●●●●.▲▲.■■.Thu

우리 누나랑 엄마, 아빠는 나만 보면 예쁘다고, 귀엽다고 한다. 나도 잘 아는 사실이다. 그런데 어디가 얼마나 귀엽길래 맨날 그렇게 말할까? 나는 단점이 있을까? 이리 보고 저리 봐도 없는 거 같다. 난 완벽해.

귀여우면 끝나는 게임

귀여우면 게임은 끝난다! 이 말을 좋아해요.

　개인적으로 외모 혹은 다른 조건을 보고 좋아했지만 상대방의 매력에 푹 빠져서 그냥 그 자체로 좋아한다는 뜻처럼 느껴지거든요. 그 상태가 되면 상대의 단점도 귀여워 보이면서 그냥 다 용서가 되지 않나요?

　그러니까 호섭이가 밥을 더럽게 먹고, 내 이불을 찢어도, 옷장에 몰래 들어가 내 비싼 가방에 송곳니 구멍 뽕뽕 뚫어놔도‥‥.

어휴 귀여우니까
봐준다.

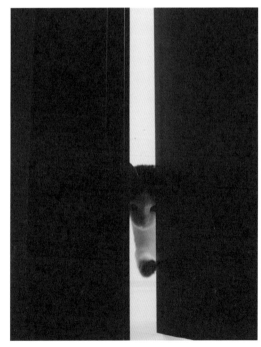

나도 끼워주라.

44

가방이 안 되면!!

그럼 휴지는

괜찮지?

어디가 제일 귀엽냐고요?

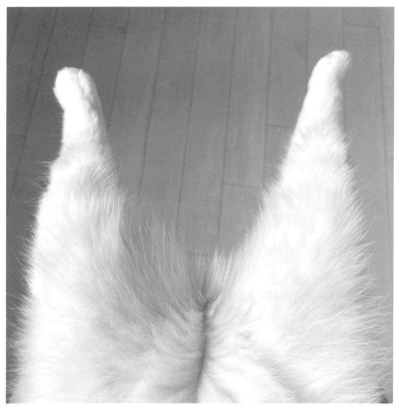

(여름) 하… 심각하게 덥네;; 나 솜바지 입어서 더 더워.

귀여움 Tmi 첫 번째. 호섭이는 매일 똑같은 옷만 입어요. 흰
양말에 솜털바지~. 호섭이는 겨울을 좋아합니다. 하나밖에 없는
솜바지가 보온이 잘 되다 보니 그거 입고 창밖 구경하거든요.
반대로 여름에는 너무 더워서 젤리에서 땀이 나서 촉촉~해집니다.
단벌신사지만 패셔니스타라서 부러웠는데, 여름에는 그 말 취소!

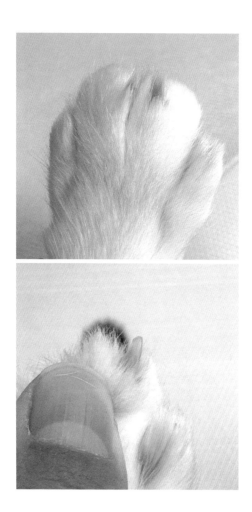

귀여움 Tmi 두 번째. 왼쪽 뒷발 세 번째 발가락 끝. 호섭이의 왼쪽
뒷발 세 번째 발가락 끝에 두세 가닥의 검은 털이 있어요. 더러운 게
묻었다고 생각했는데 자세히 보니 검은 털이더라고요. 집사만 아는
호섭이의 귀여움 포인트.

내 꼬리 끝은 털들이 많아서 누나 말고는 아무도 확인 못해, 후후.

귀여움 Tmi 세 번째. 갈고리 모양 꼬리. 호섭이는 꼬리 끝이 살짝 휘어 있어서 갈고리 모양이에요. 저는 잘 때 그 부분을 만지면서 자는 습관이 있는데 호섭이도 은근히 좋아해서 제가 만져도 신경도 안 쓴답니다.

나 따끈해서 귀엽다고.

(휙)

(혀 낼름)

밥을 너무 많이 먹어서 배가····

고양이 방귀 냄새가 얼마나 지독한지 아시나요?

예··· 저도 알고 싶지 않았어요. 작누랑 네가 뀌었냐 내가 뀌었냐 싸우다가 범인이 조용히 옆에서 그루밍하던 김호섭이었을 때의 그 충격은··· 말로 표현 못 해요.

방귀 냄새가 너무 심한데, 너 뭐 잘못 먹었니?
그런데 귀여우니까 봐준다!!

뭐~ 고양이 방귀 냄새 처음 맡아봐?

오...어?

골라 먹는 건 나한테 맡겨 눈나

아그작!

침방울 퐁퐁~!

호섭이랑 가족이 된 지 벌써 사 년 차입니다. 함께하는 시간이 길어질수록 호섭이가 집사들과 닮아가는 걸 느껴요. 우리 가족은 각자 본인들의 취향이 확고한 편이에요. 그래서 어떻게 보면 까탈스럽게 보이기도 하죠. 네 살밖에 안 된 호섭이도 우리 성격을 빼다 박았습니다. 캣닢이랑 마따따비가 비슷해 보이지만 호섭이 취향은 마따따비죠. 다만 마따따비라도 향이 너무 진하면 싫어해요. 곱게 갈린 마따따비 가루에 향이 은은해야 좋아한답니다. 또 푹신한 쿠션을 싫어하고 무조건 딱딱한 스크래쳐, 부직포 위를 선호한답니다. 북어 트릿을 정말 좋아하는데 싫어하는 부위가 있어요. 그 부분은 먹다가 혀로 퉤! 뱉은 후 쳐다도 안 봅니다. 이제 우리 가족들도 대충 이건 호섭이가 싫어하는 부위인지 판별할 수 있어요.

그리고 입맛이 정말 까다로워요. 어렸을 때부터 다양한 습식, 건식 사료들을 먹여야 나중에 편식을 안 한다고 들어서 궁디팡팡 캣페스타, 펫프렌즈, 스마트스토어 등등 제가 먹일 수 있는 모든 습식, 생식, 건식은 다 먹였는데 취향만 확고해져서 시기별로 본인이 원하는 음식을 대령해줘야 하는 미식가 냥이가 되었어요. 호섭이는 깔끔한 맛을 선호하고 비리고 강한 향을 안 좋아해요. 가다랑어, 열빙어, 고등어, 연어, 치킨이 들어가면 대부분 불호. 닭가슴살은 통살간식, 동결건조간식, 생식은 먹지만 습식캔으로 된 것들은 먹지 않아요.

참치, 북어는 모두 잘 먹지만 앞으로는 어떻게 될지 모르겠어요. 호섭이 마음인걸요.

나 오늘 트릿 몇 개 먹었게~~?

집사   호섭 씨~ 그거 사탕 아니야.

호섭   띠끄러.

누나는 왜 이렇게 욕심이 많을까?

냠.

●●●●.▲▲.■■.Wed

어제 누나가 새로운 유산균을 사 왔다. 아무 기대 없이 먹었는데… 웩, 아니 무슨 유산균에서 비린 향이 나?

나는 고양이지만 생선 비린내가 정말 싫다, 으으. 숟가락에 묻어 있는 거 억지로 먹어줬는데 자꾸 그릇을 싹싹 긁어서 먹이려고 한다. 누나는 왜 이렇게 욕심이 많을까? 내가 이만큼 먹어주는 것만으로도 나한테 고마워해야지.

이제 지옥 시작이다. 한 달 동안 저걸 먹어야 한다니. 나 어떡해.

이건 싯타고!!

찌러! 찌러엇!!

달걀 껍질 도둑 검거 완료

호섭이를 키울 때 가장 중요한 게 뭔지 아시나요?

정답은 바로 체력!

체력을 키우기 위해 운동을 하면 가장 많이 듣는 말이 '단백질 보충'입니다. 제가 한번은 닭가슴살을 열심히 먹다가 이러다가 몸에서 닭 냄새가 날 지경인지라 달걀을 삶아서 먹으려 했답니다. 달걀을 삶아서 흰자와 노른자를 호섭이에게 조금씩 주고 나머지는 다 제 입으로 들어가는데 갑자기 옆에서 후다닥! 하고 고양이가 달려가는 소리가 들리는 겁니다. 점점 멀어지는 고양이의 뒷모습을 보고 다시 옆을 보는데 쓰레기통에 버린 달걀 껍질이 몇 개가 사라진 상태였고, 엄청난 반사신경으로 집사는 호섭이를 잡아 올렸답니다.

안 돼, 호섭!

...히?

억울하다!!! 과잉 진압이다!!

엄마!!!!!

달걀은 잘못이 없따

●●●●.▲▲.■■.Sat

비가 왔따. 눈나가 특식이라며 달걀 하나를 줘따. 맛있었다. 역시 달걀은 비올 때 먹어야 제맛이다. 그런데 눈나가 갑자기 내 이빨을 보더니 한숨을 쉬고 화장실로 날 끌고 갔따. 이게 웬 날벼락? 당근과 채찍? 하여튼 눈나는 참 지맘대로다. 달걀은 잘못이 없으니… 다음에도 또 줬으면 좋겠다.

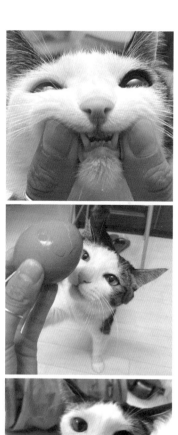

집사   호섭 씨, 너 달걀 껍질은 먹으면 안 돼!

호섭   난 노른자가 더 좋아.

겁쟁이 아니고
        신중한 고양이라고 표현해줄래?

호섭이는 겁이 정말 많아요. 상자에 담겨와서 그럴까요? 두
살까지만 해도 종이 상자를 무서워해서 택배 박스에 절대
들어가지 않았어요. 종이 가방, 비닐 등등 고양이들이 좋아할 만한
것들은 다 싫어하고 무서워해서 최대한 무서운 게 아니라는 것을
인지시키기까지 시간이 꽤 걸렸어요. 고양이들 훈련은 보통 좋은
기억 남기기에서 시작된다고들 합니다. 호섭이도 그 주변에서
간식을 주고 마따따비 가루를 뿌리면서 일주일은 놀아야지
편안하게 들어가기 시작하더라고요.

　　고양이들은 높은 곳을 좋아한다고 하잖아요? 호섭이는 반대로
겁이 많아서 본인의 의지로 식탁, 선반, 의자는 여전히 올라가지
않습니다. 본인의 체취가 많이 남아있는 소파, 캣타워 그리고 집사들
체취가 많이 묻어있는 옷장에만 올라가요.

　　캣타워 혹은 캣폴 가장 높은 곳에 올라갔을 때는 한 단계씩
내려오는 방법을 까맣게 잊나 봐요. 몇 번 칭얼거리며 누나들을
부르고 안절부절못하는 모습을 보이다가도 끝내 하는 수 없다는
생각이 들면 눈을 꼬~옥 감고 한 번에 뛰어내린답니다. 그 모습이
거의 공포에 잠식되어 무모한 행동을 하는 사람 같기도 해요.
집사들은 호섭이의 고소공포증을
의심하고 있습니다.

눈 감고 다이브.

썸바디 헲미!

도레미파 솔~ '솔' 음으로 말해줘요.

아버지가 서운해도 어쩔 수 없어

호섭 낮은 목소리 싫어요.
집사 근엄하게 화내지 말아줄래?

호섭이는 남자보다 여자를 좋아합니다. 제 추측으로는 호섭이 담당 수의사 선생님이 남성분인 게 가장 큰 원인이 아닐까 해요. 호섭이가 어렸을 때, 아버지는 사랑 가득한 손길로 호섭이를 쓰다듬으면서 사랑 고백을 하루에도 수백 번씩 하곤 했습니다. 그때까지만 해도 아버지와 호섭이의 사이는 괜찮았어요.

관계가 변한 건 호섭이가 병원에 자주 다닐 즈음이었습니다. 아버지는 그 시기에 지방으로 내려가서 한동안 근무해야 했습니다. 물론 주말마다 올라왔지만, 담당 수의사 선생님에 대한 기억이 너무 안 좋아서 그랬을까요? 이제 호섭이는 아버지의 손길을 그다지 좋아하지 않고 있어요.

그래도 아버지의 짝사랑이 엄청나게 커서 호섭이도 그 마음을 알고 있지 않을까요? 저는 호섭이가 마음속으로는 어머니를 좋아하는 마음만큼 아버지를 좋아하지 않을까 감히 예상해봅니다.

기억하고 있어요

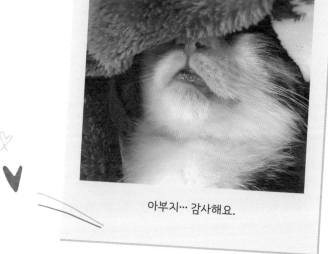

아부지… 감사해요.

●●●●.▲▲.■■.Tue

고백할 게 있다. 나 사실 아빠도 좋아한다.

　　우리 아빠는 나 추울까 봐 맨날 이불 덮어주고 나 잘 때 누나들이
뽀뽀하면 귀찮게 하지 말라고 날 지켜준다. 그게 사랑이겠지? 그런데 아빠가
날 쓰다듬을 때 팍팍 만지면 싫다. 조금만 부드럽게 만져주면 얼마나 좋을까.
그리고 "호섭이!!"하고 낮은 목소리로 말하는데 우리 누나가 나 혼낼 때
목소리라서 기분 나쁘다. 나 혼내려고 그러는 걸까? 조금 상냥하게 해주면
얼마나 좋아. 그래도 나는 아빠가 좋다.

자고 일어난 고양이는
묘하게 힘이 없습니다

호섭이는 저랑 같은 침대에서 잠들곤 합니다. 아버지는 아침에 일어나시면 거의 바로 제 방에서 잠자는 호섭이를 만지고 갑니다. 하루 중 호섭이가 반항하지 않고 아버지의 손길을 즐기는 시간이라서 더 자주 오시는 것 같아요. 물론 제 수면에는 방해가 되지만 그 마음이 이해되기도 합니다. 잠자는 호섭이는 정말 귀엽거든요. 모든 가족들이 새벽이든 아침이든 상관없이 호섭이한테 사랑한다고 속삭이고 뽀뽀하며 나가서 저는 반 포기 상태랍니다.

한동안 너무 피곤해서 가족들한테 제 방에 들어오지 말라고 선포한 후 방문을 닫고 잔 적이 있었어요. 생각해보세요. 아버지, 어머니가 출근 전 새벽에 일어나셔서 각각 한 번, 밥 먹기 전에 여러 번, 그 와중에 작누도 오고. 그럼 저는 약 두 시간 동안 여덟 번을 깬 뒤 선잠을 잔 상태로 있어야 하는 거예요. 이렇게는 안 된다고 생각해서 방문을 닫았지만 다들 저를 조금 배려하다가 현재는 원상 복귀되었습니다.

저도 알아요. 저도 눈 뜨고 옆에서 곤히 잠든 호섭이를 보면 계속 뽀뽀하고 등에 얼굴을 묻은 채 냄새를 맡으며 누워있거든요. 너무 귀엽고 사랑스러운 아이예요.

그리고 아주 따끈따끈하죠

저는 이불을 온몸에 돌돌 말고 자는 잠버릇이 있어요. 호섭이가
이불을 안 덮고 있으면, 아침에 어머니든, 아버지든, 작누든
누군가가 와서 제 이불을 우악스럽게 뺏어서 호섭이한테 덮어주고
가요. 집사는 오들오들 떨지만 옆에서 따뜻하게 자는 호섭이는
사랑받아서 좋~겠네요.
　밤에는 침대 한가운데서 잠을 자는데 자꾸 기지개를 켜면서
저를 밀어요. 그런데 집사보다 가벼워서 본인이 밀린답니다.

　침대에서 떨어질락 말락~.

통모짜 핫도그의 반댓말은 요즘 잘자 쿨냥이

집사 침대 한가운데는 좀 아니지 않니?

호섭 아니~~~ 내 침대에서 같이 자는 거면서 말이 많아.

골골송을 부르는 손

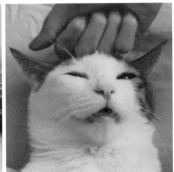

큰누 손 말고!! 작누 손으로!   흐에~ 시원해~.

작누는 큰누가 지어준 별명이 있어요. 바로 '매직핸드'. 작누의
손이 닿으면 호섭 씨는 바로 골골송을 부른답니다. 저를 아무리
졸졸 따라다녀도 골골송은 작누 손에서만 나와요. 그런 사람
있잖아요. 모든 고양이들의 사랑을 받는 사람. 그게 작누예요.
모르는 고양이들도 작누만 보면 다가와서 바닥에 눕고, 애교를
보여준답니다.

(장기하의 노랫말처럼
난 부럽지가 않어. 한 개도 부럽지가 않어.)

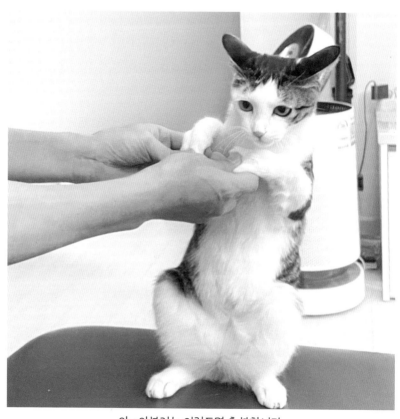

아…아부지는 이정도면 충분합니다.

손… 좀….

나쁜 벌레들은 우리 호섭이 피해가길

여름만 되면 모기와 별 이상한 벌레들이 하나둘 보이기 시작합니다.
작누는 벌레를 혐오하는 수준으로 싫어해요. 그런데 옛날에는
그냥 본인 곁에 오는 것을 싫어했다면 이제는 이렇게 말하면서
싫어합니다.

　　　호섭이 주변에 얼씬거리지도 마!

2023년 가을의 뜨거운 감자였던 '빈대'를 기억하시나요? 작누는
빈대가 출몰한다는 소식을 듣더니 침대에 누워있던 저에게 뛰어와
이렇게 소리치더라고요.

　　　언니!! 호섭이는 괜찮아!! 빈대가 고양이나 강아지는 안 문대!

이 와중에 호섭이는 창문에 붙어있는
벌레를 보며 채터링을 하고
있었습니다. 아우 정신없어.

저리 가!!!!

피했지롱~

모기만 없었으면

내가 이런 치욕을 당하지 않았겠지?

집에 모기가 보이길래 까먹었던 심장사상충약을 목뒤에 후딱
발라줬어요. 그루밍하면서 먹지 못하게 귀여운 넥카라를 해줬더니
삐졌습니다. 지금 표정으로는 심한 욕을 하는 것 같은데 욕을 하고
싶어도 어떻게 하는지 몰라서 못 하고 있네요.

누나!! 저기에 엄청 큰~ 모기가!

꺅! 내 옆으로 온다!

작누 반박 불가

작누는 호섭이한테 많이 약해요. 밥을 안 먹는 모습을 보면 숟가락을 들고 떠먹이고, 캣타워에서 내려오는 훈련을 할 때 호섭이가 힘든 티를 내면 바로 도와줘요. 하지만 몸무게에는 엄격해서 조금만 살찌면 간식은 어림없고, 계속 틈틈이 호섭이 몸무게를 체크합니다. 그리고 아침, 밤마다 물그릇을 갈아주고, 매일 영양제를 먹인답니다.

　하지만 호섭이 마음속 1등은 큰누입니다. 작누는 인정하기 싫겠지만요, 가족들 중 작누만 제외하고 모두가 인정하는 순위죠. 작누가 고양이 털 알레르기, 먼지 알레르기가 있어서 평소에는 괜찮은데 호섭이 젤리를 입에 대고 뽀뽀를 하면 입 주위가 살짝 부어요. 그런 이유로 집에 왔을 때부터 지금까지 호섭이는 제 방에서 자고, 싸고, 놀았습니다. 식사 시간을 제외하면 대부분의 시간을 거의 제 방에서 보내다 보니 제가 주 양육자가 되었어요. 물론 변비로 인한 압박배변을 제가 담당했고 그 외에 이빨 닦기, 손톱 깎기, 손과 친해지는 훈련 등등 기술이 필요한 것들을 거의 다 제가 책임졌기 때문에 호섭이가 저를 더 신뢰하는 게 아닐까 합니다.

　(작누 반박 불가. 억울하면 작누도 책 쓰세요. 😊)

힘들 때 웃는 자가

일류다, 흐헤~.

나 요즘 살짝 우울한데··· 쇼핑이나 할까?

이거 다 내꺼임.

호섭이가 활동량이 줄어든 어느 날이었습니다. 저는 혹시나 호섭이가 우울증을 겪고 있는 건 아닌지 걱정이 되어, 새로운 터널을 하나 사줬어요. 누군가 우울증과 새로운 터널의 상관관계를 묻는다면 그저 호섭이에게 새로운 자극을 주고 싶었다고 답하겠습니다.

그리고 역시나 호섭이는 새것을 좋아했습니다. 터널을 펼쳐주자마자 그 위에 바로 올라가 골골송을 부르며 뒹굴고 있더라고요. 가끔 이런 생각이 듭니다. 이게 어떻게 자기 것인지 바로 알까요? 전에 강아지 노즈워크도 하나 샀는데 그 제품에는 관심이 전혀 없었거든요. 고양이 카테고리 안에 있는 제품에는 뭐 캣닢이라도 뿌려놓은 걸까요? 정말 신기하네요.

집사도 마찬가지입니다. 저는 가끔 일상에 새로운 자극을 주기 위해 셀프 선물을 사곤 합니다. 올해는 뭘 살지 상상하는 것만으로도 우울함이 싹 사라지네요.

두근…!

장난감도 좋지만 나는 누나 종아리가 더 좋아!

크와아아아아앙!!

잡히면 다리에 구멍 두 개야~.

이 세상에 단 하나밖에 없는 고양이

이름에는 상당한 애정이 담깁니다. 생각해보면 어린 시절 저는 좋아하는 인형뿐만 아니라 필통에도 이름을 붙였습니다. 핑크색 필통이었는데 이름이 핑키였죠. 그 필통은 아직도 제 서랍 안에 있습니다. 조금 낡았지만 여전히 좋아하고 있어요. 호섭이도 그랬어요. 만난 순간 붙여줬던 '호섭'이라는 이름이 가진 힘은 생각보다 대단했던 것 같습니다. 이름을 붙이는 것만으로 잃어버리면 안 될 존재가 되어버렸으니까요. 그렇게 정이 들어 임시보호에서 임종보호로 바뀐 것은 아닐지 짐작해봅니다. 호섭이와 함께하면서 제 입에 붙은 말이 있습니다.

　　　어제 진짜 웃긴 일이 있었는데, 아니 김호섭이~.

바로 호섭이 이름을 부를 때 성을 붙여 부르는 것이죠. 친구들은 재밌어합니다. 김호섭이라고 부르니 진짜 막냇동생과 있었던 일을 듣는 기분이라나 뭐라나. 호적에 올릴 수도 없고 피도 섞이지 않았지만 우리 가족이니까, 이 세상에 단 하나밖에 없는 내 고양이니까. 그런 마음으로 호섭이 이름에 집사의 성을 붙여 부릅니다.

　　　그래서 우리 집 호섭 씨는 김호섭!
　　　성을 꼭 붙인 김호섭입니다.

김호섭 별명

호섭 씨는 별명이 많아요.

애기 똥구멍 기모섭   호쩝 쩝쩝 섭섭이

호씨티비 미운 막내아들   귀요미 공주님 먼지 먹는

로봇(바닥에 떨어진 먼지만 보면 식욕이 돋아서) 종아리 사냥꾼

호치키스(송곳니로 누나들 다리랑 팔에 구멍 만들어서)

호이렌(사이렌 소리마냥 큰 소리로 울어서) 호들짝

(리액션이 과해서) 불어 터진 물만두

애섭이 바싹 구운 군만두

호섭이

불어 터진 물만두 애섭이 시절.

힐 궁딩이 말고 손 만지는 건 좋아.

이세계에서 우리 고양이가 영의정?

성명: 김호섭(金虎攝)

출생: 1421년

수상: 세종대왕배 백일장 시문 짓기 경연대회 우승, 승정원 주최 고양이 작문시험 장원으로 통과, 예조 주최 고양이 언어자격능력시험 1급 획득, 집현전 개최 한글 빨리 말하기 대회 금메달, 세종대왕 선정 한글을 가장 잘하는 고양이, 집현전 선정 한글의 조화가 잘 이루어진 고양이

약력: 1435년 별시 문과 장원급제 1439년 이조정랑 1441년 이조참판 1444년 도승지 1449년 영의정 역임 2022년 명예퇴직 후 집사랑 지내는 중

어록: 나라의 관리가 제일 행복할 때는 언제인가, 군주가 덕으로 나라를 다스려 나라가 화평한 다음에 내가 백성들을 가나다라로 글자를 가르쳐 온 세상 고양이가 문명에 대해 깨우치는 날이 행복한 때이다.

후세의 평가:

"내가 양명학을 정립하면서 세상에 나의 이름을 떨쳤다 했지만 학문적인 나의 영감은 조선에서 한글을 잘하며 필력이 나는 것과 같고 학문의 깊이가 나와는 차원이 다른 어느 멋진 고양이한테서 나왔다. 나는 그 고양이를 통해 인(仁)이라는 덕목을 깨우쳤다." By 왕수인(왕양명)

— SNS 댓글 중에서

SNS를 보면 재밌는 댓글이 많아요. 한번은 보면서 이런 생각을
해봤어요.

시놉시스_
조선시대에 천재 고양이로 인정받으며 한글을 설파한 김호섭.
그는 한국을 넘어 전 세계로 한글의 아름다움을 알리고자
했지만 뜻밖의 사건으로 명예퇴직을 하게 된다.
그 후 못다 이룬 꿈의 아쉬운 마음을 달래기 위해 시문을
짓다가 깊은 잠에 빠져들게 되는데····.
눈을 떠보니 21세기 대한민국으로 환생했다?!

'한국말이 나오지 않아?!!'

김호섭은 산속에서 본인의 상태에 당황하며 구해줄 집사를
찾다가 김씨 집안 막내아들로 입양된다.
이번 생엔 한국을 넘어서서 전 세계 사람들에게 한글의
아름다움을 널리 알리리!

얼떨결에 환생한 고양이 호섭 씨의
좌충우돌 일상 코미디!

이런 드라마가 나오면 사람들이 볼까요? 잘 모르겠지만 호섭이는
옆에서 "눈나~"라고 하네요!

호섭이의 호는 호들갑의 '호'

호섭 이것은 내 잔상입니다만? 휙. 휘휙 피. 피했지롱 휘휙. 휙 휙피.

피했지롱. 휙. 피했. 휘휙. 피. 피했. 휙 피했지롱 휘휙. 피했. 지롱 휙.

휘휙 휙. 휙 피.했지 롱 휘. 휘휙피 했지롱.

집사 호섭이의 호는 호들갑의 '호'? 진짜 너무 정신없다, 너.

조금만 덜 놀아주면 다시 시작되는 우다다. 태권도 학원을 보내야

하나, 양궁 학원을 보내야 하나. 우리 아이 제발 차분하게⋯.

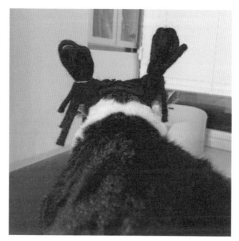

혼자 있고 싶으니까 다 나가.

뭐, 누나 두 명 있는 남동생 처음 봐?

뽀뽀를 부르는 입술

(눈나??!)

친구들이 유난이라고 할 정도로 우리 가족은 호섭이를 사랑합니다.
특히 큰누와 작누가 심해요. 우리는 호섭이랑 눈이 마주치면
바로 뽀뽀하는데 작누는 알레르기 때문에 자제를 하지만 큰누는
상관이 없으니 하루에 백 번 이상을 뽀뽀했습니다. 언젠가 접촉성
피부염으로 입술 껍질이 계속 벗겨지기도 했죠. 약을 바르며
치료 중일 때 뽀뽀를 못 해서 얼마나 슬프던지. 호섭이도 이제
자연스럽게 사람 얼굴이 다가오면 눈을 살며시 감으며 얼굴을 살짝
위로 올려요. 뽀뽀하는 자세죠. 그럼 슬프지만 손가락으로 코 뽀뽀를
쪽!

뽀뽀하러

슈웅!!

눈나 우리 슈퍼맨 놀이하자!

악당은 눈나야.

94

주인공은 나, 악당은 눈나

왠줄 알지?

우리 아파트는 중앙난방이라서 겨울은 정말 따뜻하지만, 초봄은
발이 살짝 시리답니다. 그때 호섭이의 체온이 떨어지는데 혹시 감기
기운이 올라올까 싶어 담요로 돌돌 말아줘요. 호섭이는 그 상태에서
저만 바라보는데요.

　　말 잘 들었으니까 보상간식을 달라는 건지, 스트레스 안
받게 놀아달라는 건지. 알 수 없는 눈으로 저를 빤히 쳐다보아요.
호섭이는 아무 생각 없는 걸 수 있죠, 그렇지만⋯ 또⋯.

　　왜 죄책감 들죠? 왜 저만 악당 같죠?

집사 호섭 씨, 그거 네 발이야.

호섭 아차차…

그래 그래.

그렇구나.

픔!

흐에?

집사는 뿌듯합니다. 내가 얼마나 재밌게 놀아줬으면 호섭이가
이렇게 뻗죠?

　　너 지금 졸리지?

호섭 씨는 인간보다 말을 잘하던데 비법이 있나요?
그리고 목소리 관리 비결도 알려주세요.

첫 번째, 복식호흡!!
입을 크게 벌리고 뱃심으로 아!!!!!! 소리
지르는 연습을 많이 했어. 짜증을 낼
때도 크게!!! 크와아아아아앙!

두 번째, 가족들과 수다 떨기.
그냥 대화를 많이 하면 연습이
된다고? 울 누나가 가끔 나한테 뭐라
뭐라 말한다? 못 알아듣지만 그냥
'그렇구나'하면서 계속 듣잖아? 그럼
들려~. 꾸준하게 연습하면 안 될 거
하나 없다고. 훗!

아, 그리고 목 관리 비결?
츄르탕을 많이 마셔. 촉촉한 성대!!
간단하지? 그런데 맛있다고 얼굴에 다
묻히면 턱드름 생긴다~.

카~ 항항하

내가 말이야~ 고등어 민들레 시절에 말이야~
귀여움으로 이름을 날렸었지.
별명이 불어 터진 물만두 애섭이였다고! 캬하하하~

2장

호섭이는 어쩌다 우리랑…?

호섭 씨의 라떼

안녕하세요, 저는 이제 이 집 막내아들이어요.

내 이름은 김호섭!

형 한 명이랑 누나 두 명! 엄마랑 아빠!
이렇게 나까지 여섯 가족입니다.

똑똑, 저 좀 추운데 들어가도 될까요?

당신 마음속으로….

一见钟情♥, 첫눈에 반하다

묘연(猫缘)은 갑자기 찾아왔습니다.

5월의 어느 날, 친한 언니에게서 영상통화 한 통이 걸려
왔습니다. 언니는 회사 주변에서 비에 젖은 새끼 고양이 두 마리를
구조했는데 제게 주말 이틀간 한 마리만 임시보호를 부탁한다며
아이들을 보여줬죠. 화면을 통해 새끼 고양이 한 마리가 보였습니다.
새끼 고양이는 아주 작고 꼬질꼬질했고, 한쪽 눈만 겨우 뜨고
있었습니다.

첫눈에 반한다는 게 이런 걸까요? 멍하니 화면을 보는데,
제 눈과 작은 고양이의 눈이 딱 마주쳤어요. 회색이 살짝 섞인
에메랄드빛 눈동자가 너무 예뻤습니다. 언니가 영상통화를 걸지
않고 문자 메시지로 연락했다면 호섭이는 지금 우리 곁에 없을지도
모르겠습니다. 저는 전화를 끊고도 작은 고양이의 눈동자가 계속
떠올랐어요. 결국 가족들에게 아이의 딱한 사정을 설명했고,
부모님은 다행히 쉽게 허락하셨습니다. 처음에는 가족이 아니라
손님이라고 생각해서 그랬을까요. 모두가 조금 가벼운 마음으로
새로운 생명을 맞이했던 것 같습니다.

슬그머니 스리슬쩍 얼렁뚱땅.

사실 호섭 씨의
우선 들어오기 대작전이었을까요?

♥ '첫눈에 반하다'라는 뜻의 중국어.

뜨신 밥 주셔서 감사해요.

제가 똥 냄새가 나도 예뻐해주셔서 감사해요.

이 선물을 추억할 무언가 필요해

호섭이를 집에 데려오고 잠깐의 반가움을 뒤로한 채, 큰누와 작누는 각자 아주 효율적으로 착착 움직였습니다. 매뉴얼이 있는 것처럼요. 저는 바로 살짝 더러운 호섭이를 씻기러 화장실에 들어가고, 그 사이에 작누는 전기담요, 드라이기, 따뜻한 수면바지를 준비했습니다. 작누가 드라이기로 호섭이를 말리는 사이, 저는 동물병원에서 구매한 분유와 사료로 이유식을 만들었어요. 뉴런을 공유한다는 혈육이라서 그랬을까요. 정말 서로 대화 없이 바로 호섭이를 씻기고, 먹이고, 따뜻하게 만드는 것까지 순식간에 끝났습니다.

움직임이 거의 없고 눈만 끔뻑거리던 호섭이는 경계심도 하나 없이 전기담요 위에서 우리의 손길을 받아들였습니다. 그리고 호섭이는 바로 잠이 들었어요. 결막염이 심한 상태라 안약까지 넣었더니 호섭이에게 너무 고된 하루가 되고 말았던 것 같습니다.

그전까지 인생에 동물은 없을 것이라 단언했습니다. 그런 저에게 갑작스레 찾아온 '선물' 같은 호섭이와의 만남은 절대 잊으면 안 될 '추억'처럼 느껴졌어요. 그 추억이 너무나 소중해서 어떻게든 기록하고 싶었습니다.

저는 그렇게 SNS에 호섭이의 임보일기를 업로드하기 시작했습니다.

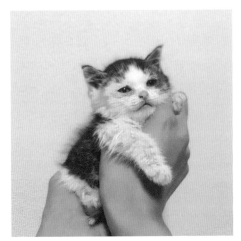

앞뒤가 똑같은

아~ 성게 아니라고요~.

치스라이팅 멈춰~

동물을 너무 좋아했어요. 그래서 평소에 동물 관련 서적, 영상을 정말 많이 찾아보기도 했었죠.

어느 날도 글 하나를 봤는데요, 거기에는 칫솔이 고양이 혀 돌기와 비슷해서 그걸로 빗질해주면 고양이가 엄마 고양이한테 그루밍을 받는 것과 비슷한 느낌이라고 쓰여 있었습니다. 저는 글을 읽고, 호섭이가 엄마의 그루밍을 그리워할 것 같아 바로 사용하지 않는 칫솔로 빗겨줬어요.

시원하지? 좋지?

그때는 정말 호섭이가 좋아한다고 생각했는데요, 지금 돌아보면 그건 분명한 거부의 몸짓이었습니다. 하지만 너무 글을 맹신했던 저는 호섭이에게 시원하다며 강요해버린 거죠.

이게 바로 칫(솔) + (가)스라이팅?

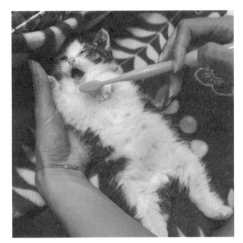

아, 따가!

(울먹) (울먹) 괴롭히는 건가.

포근한 담요를 좋아해요

호섭이는 어렸을 때 체온이 아주 낮았어요. 수족냉증인 제 손과
호섭이의 체온이 비슷했던 것 같습니다. 집사들은 창백해진 코가
안타까워서 항상 담요와 수면양말을 호섭이 몸에 덮어줬어요.
그리고 아버지도 호섭이 몸에 담요를 돌돌 말아서 배 위에 올려놓고
호섭이를 따뜻하게 해줬습니다.

　　호섭이는 조끼 입는 것에 거부감이 없고 오히려 좋아하는데요.
이런 기억들이 차곡차곡 쌓여서 호섭이에게 따뜻한 추억으로 남아
있기 때문이 아닐까 싶기도 합니다.

누나 이불이 자꾸 따라와.

하~ 뜨뜻혀.

하필 일요일

나를 키워라!! 귀엽잖아!!!

호섭이는 유달리 작고 배가 빵빵한 아깽이였습니다.

집에 데려오는 날은 동물병원에 먼저 들렀어요. 동물병원에서는 아이가 너무 작기에 검사는 진행하기 힘들다며 잘 먹고, 잘 싸고, 잘 잤는지만 체크하면 된다고 말했습니다. 그 후로 집에 있는 이틀간 호섭이는 잘 먹지도 않고, 잘 싸지도 않았고 잠만 잤어요.

배뇨 실수는 있었지만, 배변을 보지 않았어요. 우리는 애가 타기 시작했습니다.

그다음 날, 반응이 거의 없는 호섭이가 곧 죽을 것처럼 눈만 뜬 채 움직이지도 않고 코가 점점 창백해졌습니다. 하필 일요일이라 병원들이 문을 닫아 정말 어떻게 해야 하나 고민이 많았어요. 우리는 문을 연 동물병원을 찾아갔어요. 24시간 동안 운영하는 큰 동물병원이었죠. 동물병원에서는 호섭이는 구조한 고양이라서 전염병 검사를 포함해서 검사비로 최소 십오만원에서 최대 백만원을 예상한다고 이야기했습니다. 머리가 복잡해졌습니다.

백만원?!

저는 호섭이에게 정말 미안하지만 치료비를 내자는 작누와 의견이 조금 달랐어요. 십오만원에서 최대 백만원까지 나올 검사 비용, 오늘까지로 부모님과 약속했던 임시보호 기간, 최소한의 비용을 내고 검사를 받아도 문제 해결이 어렵다는 의사 선생님의 대답. 이 모든 게 저에겐 너무 버거웠거든요. 좀 더 솔직히 말하면 내 고양이도 아닌 아이에게 돈 쓰고 마음 쓰고 싶지 않기도 했습니다.

작은 책임감을 내어주는 순간부터 이 고양이는 내 고양이가 되어야 하고, 저는 이 아이가 죽을 때까지 보살피는 보호자가 되어 줘야 한다고 생각했어요. 그 책임감이 너무 무거웠습니다. 저는 그렇게 애써 마음을 주지 않으려 냉혈한을 자처하기로 했습니다.

작누는 진료를 보자는 입장이었습니다. 우리가 병원비를 내서 조금이라도 상황이 나아진다면 내야 해, 라고요. 그리고 말을 덧붙였습니다. 이 작은 생명에게 지금 해줄 수 있는 건 다 해주자고, 그래야 후회가 없을 거라고, 내일이면 호섭이가 다른 집으로 입양 가서 우리 고양이가 되지 않을 수 있지만 눈앞에 있는 생명은 살려야 하지 않겠냐고. 작누의 말도 당연히 맞았죠. 그래도 제 마음은 덜컹거렸습니다.

책임을 지지도 않을 것이면서
굳이 마음만 쓸 필요가 있을까.

고민이 많은 일요일 오후였습니다.

다시 한번 진지하게 생각해봐, 진심이야?

살아보려는 너의 모습에

힘이 없어요.　　　　　　　저 조금만 더 잘게요. 쿨쿨.

결국 이날은 집에 그냥 돌아왔어요. 저와 작누는 서로 마음만
불편해져서, 이대로 임시보호를 하루 더 연장하고 동네 동물병원을
가야 하나 말아야 하나 고민하고 있었습니다.

　그런데 우리 호섭이가 정말 살고 싶었나 봅니다. 자신에게
조금만 기회를 달라는 것처럼 힘내서 딱딱하고 작은 똥을
자기 힘으로 하나둘 싸기 시작했어요. 호섭아, 고마워. 이 말이
자연스럽게 나왔습니다. 저도 작누도 펑펑 울었어요.

　그리고 결심했던 것 같습니다.

　부모님을 설득해서 호섭이를 키워야겠다.
　이건 운명이다!

아부지요? 저 싫다매요?

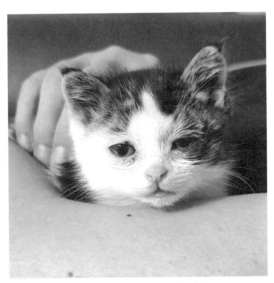

아부지는 일단 날 좋아해, 히히.

이제 엄마만 꼬시면 되는 건가?

저와 작누는 부모님을 열심히 설득했습니다. 호섭이가 우리 집을 떠나면 곧 죽을 상태라는 것을 강조했지만 입양에 대해 45퍼센트로 기운 부모님의 마음은 좀처럼 50퍼센트를 넘기지 못하고 있었어요. 어떻게 더 신뢰를 드릴 수 있을까. 우리는 고민하다가 입양의 의지를 더 강력하게 보일 수 있는 계약서를 써야겠다고 생각했습니다. 우리는 바로 내용을 세세하게 작성했어요.

계약서 원본을 찾기 위해 집안을 다 뒤졌지만 찾지 못했습니다. 아쉽지만 기억나는 내용만 살짝 적어볼게요.

계약서

1. 호섭이의 주양육자는 큰누와 작누다.
2. 호섭이와 관련한 비용은 전적으로 큰누와 작누가 낸다.
3. 부모님이 호섭이로 인해 발생한 문제에 대해 불편을 호소하면 큰누와 작누는 어떠한 변명도 하지 않은 채 최선을 다해 해결하도록 한다.
4. 고양이 냄새가 나지 않도록 청소는 매일매일 한다. 청소 시 청소기, 물걸레, 청소포 사용을 필수로 한다.

(…)

쥐돌이~~~.

내놧!!!

어머니와 아버지가 호섭이를 마냥 손주, 늦둥이 막내아들처럼
예뻐할 수 있는 건 그 외에 신경 써야 할 부분을 우리가 잘 해내고
있기 때문이 아닐까요?

　　이렇게 자화자찬해봅니다···😇

끄응··· 나 힘들지만 힘내볼게

호섭이는 진짜 우리 가족이 되었습니다.

그 기쁨도 잠시, 밤이 되니 호섭이의 상태는 최악으로
치달았습니다.

호섭이는 거의 움직이지 않았습니다. 몸에서는 변비로 인해
썩은 냄새가 심하게 났어요. 겨우 숨만 붙어있는 것 같았죠. 정말
무서웠습니다. 가족이 되기로 했는데, 살려는 의지를 보여줬던
호섭이의 손을 내가 놓친 것 같아 죄책감과 두려움으로 가득 차기도
했어요.

새벽 내내 뜬눈으로 호섭이의 상태를 확인했습니다. 정말
오만가지 생각을 했어요. 낮에 했던 배변은 뭐였지? 호섭이가
죽으면 이제 절대로 나에게 반려동물은 없다는 생각과 함께 그러니
제발 살아달라는 간절함으로 아침이 되기를 기다렸습니다.

끄응 차! (코 막아!)

아야, 배가 아파

바로 다음 날이었던 월요일 오전. 저는 작누와 함께 동네
동물병원에 갔습니다.

호섭이의 상태는 상상 이상으로 좋지 않았어요. 우리는 배가
빵빵해서 살이 쪘다고 생각했는데 사실 호섭이는 갈비뼈가
만져지는 깡마른 몸이었고, 배 속은 변으로 가득 차 있었죠. 거의
거대결장♥이었습니다.

선생님은 간단하게 말하면 아프리카 기아를 생각하면 된다고
했어요. 그리고 더 충격적이었던 건 호섭이의 몸집이 너무 작았기
때문에 생후 이 주경이라고 추측했으나 수의사 선생님은 호섭이의
치아를 보시고는 대략 4월 10일에 태어난 이제 곧 두 달이 되는
아깽이 같다고 말했습니다. 크기가 유난히 작은 이유는 막내로
태어났거나 먼치킨 피가 섞여서일 수 있다고 추측했죠.

지금 호섭이에게 제일 필요한 것은 관장이라고 해서, 바로
처치를 하고 호섭이를 집에 데려왔습니다. 종이 상자 안에
배변패드를 깔고 그 안에 호섭이를 넣었어요. 호섭이는 쉴 틈 없이
설사가 나왔는데, 그 위로 온몸을 뒹굴어서 더러워지기도 했습니다.
우리는 하루 종일 배변패드를 갈고 호섭이를 가볍게 물로 씻겨야
했습니다.

와, 저는 그날의 냄새를 잊지 못합니다. 지독했지.

♥ 분변을 제대로 배출해내지 못해서
지나치게 팽창되고 늘어난 결장.

음냠냐… 누나….

제 방 바로 옆에는 창고 방이 있어요, 일단 그날은 창고 방에
호섭이를 격리했습니다.

　관장을 해서 냄새도 너무 심하고 변을 찔끔찔끔 바닥에 흘리며
다니기에 어쩔 수 없는 선택이었습니다. 처음에는 엄청나게 울다가
나중에는 포기하고 최대한 누나와 가까운 쪽에서 잠을 자는 아이를
보며 마음이 너무 아팠습니다. 우리가 만난 지 얼마 안 됐는데 벌써
나를 의지하다니… 기분이 이상했습니다.

　괴롭지만 조금만 버티자.

누나 스크래쳐 고마워! 내가 깨끗하게 쓸게.

나도 고양이인가 봐… 스크래쳐가 좋네.

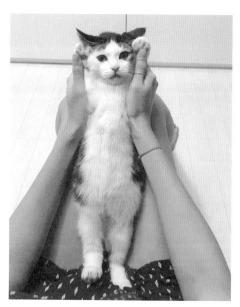
아이 부끄러워. 배꼽 보이잖아.

호섭이는 다음 날부터 엄청난 회복력을 보여줬습니다. 더부룩하고 불편했던 상태에서 조금이라도 벗어나니 아깽이답게 조금은 걸어 다니고 제게 장난을 걸기 시작했죠. 배가 고팠는지 바로 밥도 먹고 삐악~빽 울면서 가족들에게 말을 걸고 다녔습니다.

　　본인 스스로 조절이 힘들어서 걸어 다니며 한 방울씩 설사가 나왔지만 우리는 전혀 더럽다는 생각은 들지 않았어요. 그냥 다행이었습니다. 미안했던 부분은 호섭이가 자꾸 낮잠을 창고 방에 가서 자는 것이었죠. 호섭이 방이 창고 방이 아닌데⋯. 신경이 쓰여서 창고 방에 스크래쳐 하나를 놓으니 바로 그 위에서 식빵을 굽는 모양으로 몸을 둥글게 말아서 잠에 들었습니다. 상황은 좋아지는데 저는 마냥 미안하기만 했어요.

요놈, 종아리 사냥꾼이 될 상이로다

??

2020년 4월 10일.

수의사 선생님이 추정해준 날이 호섭 씨의 생일이 되었습니다.

저 조롱이떡이 태어난 지 벌써 두 달이라고? 종아리를 향해 폴짝 뛰지만 발등밖에 물 수 없는 저 먼짓덩어리가 어떻게 태어난 지 두 달이지? 이 의문은 8월 어느 날 풀렸습니다.

(이야기는 뒤에서 계속)

?!

!!

되돌아보면 이 시기, 가족 단톡방의 주제는 '호섭이가 오늘 변을 쌌는가'였습니다. 저는 호섭이가 화장실을 가면 스스로 똥을 싸는지 확인하고 저녁 늦게까지 소식이 없으면 장 마사지를 하면서 압박배변을 했어요. 매일 아침, 저녁으로 그렇게 했죠. 얼마나 고통스러웠을까요. 복부가 팽창한 상태에서 누군가가 내 배를 막 주무른다고 생각해보세요. 하지만 호섭이를 살려야겠다는 생각에 아무리 아프다고 울어도 단호하지만 빠르고 덜 아프게 압박배변을 하려고 했습니다. 그때를 떠올리면 호섭이에게 너무 미안해요. 화장실을 치우고 있으면 호섭이는 옆에 와서 제 몸에 얼굴을 비볐습니다. 어쩔 수 없는 상황이었지만 제가 그렇게 아프게 했는데도요.

아깽이 시절의 호섭이는 하루하루가 불안했어요. 호섭이가 그냥 빨리 자랐으면 좋겠다고 생각했습니다. 아슬아슬한 외줄타기를 하듯 아프며 자라지 말고, 어린 시절 추억이 없어도 괜찮으니 그냥 빨리 쑥 자랐으면 좋겠다. 하지만 그럴 수 없다면 아픔에 보상이라도 해주고 싶었어요.

저는 간식을 잘 챙겨줬습니다. 이거라도 먹여야 마음속 미안함이 사라질 것 같았습니다.

그리고 조금이라도 더 먹고,
더 자라야 이 불안감이 사라질 것 같았습니다.

얍! 배에 힘!!

흥… 음아가 안 나와. (훌쩍)

쥐돌아, 나 내일은 성공하라고 기도해줘.

하지만

진짜 고난은 말이야.

이때부터였어.

예상치 못한 일

저는 글과 영상으로만 고양이를 접했기 때문에, 호섭이를 키우면서
'원래 고양이는 이런가?'라는 의문을 많이 가졌습니다.

원래 새끼 고양이들은 이렇게 얌전할 걸까?
원래 고양이들은 이렇게 잠만 잘까?
원래 새끼 고양이는 소파에도 못 올라오고 점프를 못 할까?
원래 고양이 이빨은 이렇게 몇 개 없는 건가?

그래서 호섭이가 조금만 아파 보여도 바로 병원에 데려갔습니다.
우리 가족은 수의사 선생님과의 상담 시간에는 궁금한 것들을
쏟아냈고, 유튜브와 커뮤니티, 동물 질병 관련 애플리케이션들
그리고 동물 서적도 모두 찾아 읽으며 고양이에 대해 알아갔습니다.

거의 고양이 박사가 되어있을 2020년 8월, 주치의 선생님은 저에게
호섭이가 갑상선기능저하증이 의심된다며 혹시 모르니 검사를
진행하자고 말했습니다.

힘이 없어요.

저 조금만 더 잘게요.

쿨쿨.

집이야…?

초조한 마음으로 진행한 검사 결과는 역시나 갑상선기능저하증,
그러니까 갑기저였습니다.

병원비의 출혈도 이제 잦아들기 시작했는데, 겨우 지금의 상황에
적응하기 시작했는데. 청천벽력 같은 소식이었습니다.
　제가 아무리 여기저기 검색해도 자료도 적고, 영어로 검색해야
겨우 결과가 나오니 눈앞이 깜깜했어요. 고양이에게는 희소한
질병이었기 때문에 어떻게 대응해야 하는지조차 감이 안 왔습니다.

떤땡님, 원래 이런 사람이 아니었잖아요. 왜?

왜 날 아프게 하는 거예요?

아깽이지만 엄청 무기력하고,

심각한 변비,

영구치가 나지 않는 잇몸,

점프도 못 하는 발달 지연,

쉰 목소리, 저체온증, 복부팽만 등등.

다른 고양이와 많이 다른 모습을 담당 수의사 선생님이 관심을 두고 주의 깊게 봐줘서 새끼 고양이에게는 정말 희소한 병인 갑기저를 조기 발견할 수 있었습니다.

갑기저는 보통 노묘에게만 발견되고 있어서 새끼 고양이가 앓고 있을 경우 알아채기 쉽지 않아요. 호섭이는 조기에 발견했기 때문에 왜소증 없이 정상 발육을 할 수 있었습니다. 갑기저 진단이 조금만 늦었다면 호섭이는 발육도 제대로 되지 않고, 신진대사가 제대로 이루어지지 않아 생존이 불투명했을 수도 있었습니다. 생각만으로도 끔찍하네요. 수의사 선생님은 정확한 용량을 맞춰 평생 투약해주면 호섭이도 정상적으로 성장하고 다른 평범한 고양이처럼 살 수 있다고 이야기했습니다. 조금 안심이었습니다.

게다가 호섭이와 같은 갑기저를 앓고 있던 깡이의 집사님은 갑기저에 대한 자세한 설명과 더불어 병원 추천까지 제게 꼭 필요한 정보와 조언을 줬습니다. SNS 게시물을 보고 연락을 주셨던 깡이의 집사님으로부터 참 많은 도움을 받았습니다. 여전히 갑기저와 관련된 새로운 이슈가 있으면 연락하시는데 참 고마운 분입니다.

참치맛이지?

난 말야··· 병원이 시러

●●●●.▲▲.■■.Wed

선생님이 자꾸 내 이름을 부른다.

선생님... 저 좀 편안하게 먹을래요. 제발... 가주세요.

저리 가!! 흥!!

삐졌다고!

호섭이 벌크업 프로젝트

벌크업이요?

개월	날짜	몸무게(kg)
2개월	2020년 6월 13일 토요일	0.6
3개월	2020년 7월 6일 월요일	0.7
	2020년 7월 27일 월요일	0.86
4개월	2020년 8월 11일 화요일	1.02
	2020년 8월 17일 월요일	1.08
	2020년 8월 20일 목요일	1.1
	2020년 8월 25일 화요일	1.13
5개월	2020년 9월 12일 토요일	1.35
	2020년 9월 18일 금요일	1.46
	2020년 9월 26일 토요일	1.47
6개월	2020년 10월 19일 월요일	2
7개월	2020년 11월 28일 토요일	2.8
	(…)	
12개월	2021년 2월 27일 토요일	3.6
13개월	2021년 3월 26일 금요일	3.8
14개월	2021년 4월 8일 목요일	3.6
15개월	2021년 5월 4일 화요일	3.96
16개월	2021년 6월 5일 토요일	3.85
17개월	2021년 7월 26일 월요일	4.18
19개월	2021년 9월 23일 목요일	4.4
	(…)	
36개월	2023년 12월 14일 목요일	4.9

새끼 동물들은 하루가 다르게 쑥쑥 자랍니다. 호섭이도 그랬습니다.
그 짧은 순간에 일어나는 엄청난 변화들을 아무 의미 없이 지나가게
냅두고 싶지 않았습니다. 저는 찰나의 순간이라도 자세하게
기록하고 싶었어요.

　호섭이는 정말 작았어요. 몸무게도 잘 늘지 않아서 분유를
좀 오래 먹였던 것 같네요. 발정기 오기 전에 중성화 수술을 해야
하는데요, 수의사 선생님은 2kg은 되어야 수술할 수 있다고
했습니다. 우리는 살찌는 음식도 더 찾아보고, 분유도 살짝 섞어서
사료를 먹였습니다. 다행히 갑기저 진단을 받고 약을 먹이니
정상적으로 성장하기 시작했습니다. 그런데 이렇게 커질 줄이야.
이제 호섭이는 허리와 다리 길이가 엄청난 슈퍼 모델 고양이가 되어
그 누구보다 멋진 워너비 몸매가 되었어요.

호섭이는 갑기저 때문에 약 먹기 전까지 성장 지연으로
가족들을 걱정시켰어요. 우리는 호섭이가
오늘은 얼마나 자랐나 주변 사물들과 비교하기 일쑤였죠.

하지만 이제 호섭이는 유지어터의 삶을 살고 있습니다.
조금만 많이 먹으면 5kg이 되고, 덜 놀아줘도 5kg이 되고.
프로 유지어터의 삶은 고달프네요.

고양이계의 아널드 슈워제네거

왁스로 머리 쫙악 넘기고~ 카리스마!

물론 방심하고 있지는 않습니다. 한 생명을 키우다 보면 예상치 못한 일의 연속이거든요. 한번은 혈액검사 결과에서 다른 수치들은 모두 정상인데 크레아티닌creatinine 수치가 정상 수치보다 높게 나왔습니다. 저는 그 말을 듣고 걱정이 되었습니다. 크레아티닌 수치는 보통 신장이 정상적으로 기능을 수행하고 있는지 확인할 수 있는 좋은 지표라고 생각할 수 있는데, 고양이들은 이 수치가 아주 높으면 신부전을 의심하거나 신장이 점점 망가지고 있다고 예상하면 되어요.

호섭이는 갑기저 때문에 약을 정기적으로 먹고 있어서 신장이 안 좋아지기 쉽다는 수의사 선생님의 조언도 있었던지라 음수량을 조금 더 신경 쓰고 있거든요. 그래서 신장의 변화를 조기에 검출하는 SDMA 검사를 같이 받아보기로 했어요. 몸에 이상이 있다면 되도록 빠르게 치료해야 하니까요. SDMA 검사는 연구소에서 진행하기 때문에 추가로 채혈을 한 뒤 검사 결과를 기다렸답니다.

다행히 호섭이는 모든 수치가 정상이었습니다. 결과는 전화로 전달받았는데, 그냥 근육량이 많아서 크레아티닌 수치가 아주 높은 거라고 하더라고요. 수의사 선생님은 호섭이가 고양이계의 아널드 슈워제네거라고도 했죠!

불어 터진 물만두가
바삭한 군만두가 된 건에 대하여

요랬는데~.

요래 됐음당~.

언제 죽어도 이상하지 않았던 아기 고양이가 이제는 건강한 참견쟁이가 되었어요.

호섭이는 눈만 마주치면 말을 걸어옵니다. 뭐가 그리 할 말이 많은지 혼잣말을 열심히 하고요. 가족들이 모여있으면 왜 본인은 안 불렀냐며 방에 들어오면서 "히헤헤헤하아~~!"하고 소리를 질러요. 종일 자기만 봐달라고 우는데 정말 존재감 하나는 확실한 고양이입니다.

여전히 면역력이 약해서 조금만 긴장을 풀면 바로 감기에 걸려 눈이 팅팅 붓고, 설사를 하기도 합니다. 이빨 하나는 어디서 놀다가 빠졌고, 동물병원에 가면 맹수로 돌변하기도 하고요. 하루 두 시간은 꼭 놀아줘야 하는 운동 집착묘가 되었고, 어머니만 보면 배고픈 척 불쌍한 표정을 지어 몰래 간식을 얻어먹는 냥아치가 되었습니다.

호섭이가 어렸을 때는 죽음이라는 불안감에 마음을 졸였다면 이제는 새벽 우다다에 층간소음 걱정으로 마음을 졸이고 있습니다. 미운 다섯 살처럼요.

어떤 분은 저에게 호섭이의 건강관리를 애지중지 잘해준다고 칭찬하기도 합니다. 하지만 살려고 하는 호섭이의 의지와 많은 분들의 도움으로 얻게 된 시간을 더 늘리기 위해 노력하고 있을 뿐이기에 저는 힘들지 않아요. 그저 지금 이 순간이 너무 소중해서 감사할 뿐입니다.

호섭이가 건강하게 자라줘서 감사합니다. 병원을 자주 가서
집사들을 싫어할 것 같지만 집에 오면 바로 누나들에게 딱 붙어
아팠다며 달래 달라고 찡찡거리는 모습에 감사하고, 조금만 더
놀라고 애원했던 아깽이 시절과는 다르게 장난감을 흔드는 내 팔이
힘들다고 호섭이에게 그만 놀라고 애원하는 상황이 감사합니다.
특이한 목소리, 꼬리 끝의 흰색 점, 우유에 적신 것 같은 무늬,
에메랄드 초록색 눈, 하트 모양 앞니들. 예쁘게 자라줘서
감사합니다. 결국 내 인생에 우연히 호섭이가 선물처럼 찾아와 줘서
정말 감사합니다.

　　호섭아 건강하게 자라줘서 정말 고맙고,
　　매일 억지로 약을 먹이고 병원에 데려가도
　　너는 우리를 미워하지 않잖아.
　　그것도 고마워.

제 궁딩이 아래에서

모허세유?

에…?

에~?

엑?

158

중요한 것은
꺾이지 않는 마음!

나 힘들었어.

알아??

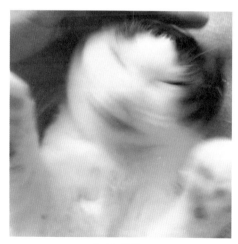

아냐고오우~.

대한남냥 대한독립만세!! 🙌

만쉐에헤헤헤

[문] 내가 청소기를 싫어하는 이유.
[답] 먼지 같이 작고 귀여운 널, 한 번에 빨아들일까 봐.

버리지 마세요, 끝까지 책임지세요

나는 둘이 될 수 없어~!

호섭이와의 첫 만남에서 보였던 저의 고집이 누군가에겐 냉혈한으로 비추어질 수 있을 것 같습니다. 하지만 저는 여전히 제힘으로 끝내지 못할 것이라면, 그러니까 끝까지 책임지지 못한다면 시작도 하지 않는 게 옳다고 생각하고 있어요.

호섭이를 임시보호했던 이틀간의 육묘는 전쟁이었습니다. 귀여움은 사진과 영상에만 남아있고, 그 나머지의 시간은 호섭이의 설사를 닦기 바빴고 서너 시간 간격으로 배고프다고 삐악거리는 아이에게 밥을 주기 위해 새우잠을 잤고, 곧 죽지 않을까 하는 불안함으로 호섭이만 바라보고 있어야 했습니다.

SNS 게시물 속 우리의 일상과 호섭이의 귀여움을 보고 고양이를 키우고 싶다는 댓글과 함께 호섭이의 품종을 문의하는 분들이 꽤 있습니다. 가끔은 잠깐의 귀여움에 홀려 순간의 실수를 할까 봐 걱정되기도 합니다. 무언가를 시작할 때 그 무게와 책임감을 아는 사람이 깊게 고민하기에 쉽게 결론을 못 내는 것처럼, 한 생명 앞에서 너무 가볍게 결정하지 않기를 바랍니다.

저는 '사지 말고 입양하세요!'라는 말도 좋아하지만, 더 좋아하는 말이 있습니다.

버리지 마세요.
끝까지 책임지세요.

고양이 굴에 들어가도 정신만 똑바로 차리면
집사 된다고 했어. 정신 차려!!

대답은

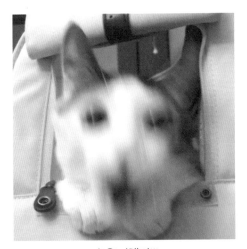

야!옹!이랬찌!!!

나… 좀 낯을 많이 가려. 약간 사람 많으면 빨리 지쳐서 혼자 있는 시간이 필요해.

오감에 의존해서 실제 경험을 중시한달까? 내가 적응한 물건은 안 무서운데, 새로운 물건은 무서워.

그리고 나는 내가 막!! 화나거나 졸리거나~ 기분이 좋거나~ 그러면! 누나들이 와서 '그랬쩌? 오구오구 우리 호섭이 그랬구나~'할 때가 제일 좋아.

나는 내 하루 루틴이 있는데 누군가가 그 계획을 방해한다? 그럼 스트레스받아서 탈모가 생기거나 성질이 나!!!!!!!!으아ㅏㅏㅏ 아아아아아악!!!!!!!! 내 계획!!!!

그럼 호섭이는 ISFJ, 용감한 수호자, 실용적인 조력자?
※참고※ ISFJ는 실용적이고 사려 깊은 성격으로, 친구나 가족이 안전하고 행복한 삶을 살 수 있도록 돕는 일에 만족감을 느낌.

3장

사람들을 사로잡는 대화의 기술?

호섭 씨의 말, 말, 말

나 까까 먹을 시간이라고오!!!
빨리 하나 주라고오!!!!

으흥!!

놔라!! 엄마아!!! 누나가!!!

호섭 씨는 지금 무슨 말을?

집사들이 워낙 말이 많아서 호섭이를 거의 사람으로 생각하고 대화를 거는 편이에요. 그렇게 계속 반응해주고 서로 대화하듯이 소리를 내니까 호섭이도 언젠가부터 우리에게 계속 말을 걸어왔습니다. 그런 소소한 대화들을 찍은 영상을 SNS에 올렸더니 많은 분들이 재밌다고 하더군요. 더빙 아니냐, 진짜 고양이가 맞냐며 의심하는 분들도 있었고요. 저는 이런 반응들이 신기했어요. 우리의 평범한 일상이 누군가에게는 SBS의 〈순간포착 세상에 이런일이!〉에 나올 법한 일이라고 생각되니 말이죠.

　호섭이 목소리는 해외에서도 인기가 많아요. 호섭이의 '가나다'로 한글을 공부했다는 댓글들도 종종 보인답니다. 호섭이는 눈만 마주쳐도 "흐에?", 멀리서 우리를 보면 "눈나~"하며 달려오고, 설거지하고 뒤돌아보면 "야~!", 같이 누워서 "호섭이~"하고 부르면 "흐아~"하고 소리를 내요. 사람들은 우리가 어떤 대화를 나누는지 물어보곤 해요. 그 소리가 정확히 무슨 뜻인지 솔직히 말하면 저도 잘 모르겠어요. 그저 뉘앙스? 가족이나 친구끼리 서로 얼굴만 봐도 무슨 감정, 무슨 생각인지 대충 알 수 있잖아요? 그냥 그런 마음으로 대화하고 있답니다.

그래도 서로 사랑하기에 호섭이의 모든 말에는 '사랑 고백'이 담겨있는 게 아닐까 하며 행복한 상상을 혼자 해봅니다.

결론: 서로 무슨 말을 하는지 모름.

호섭 에…? 나 안 먹었는데?

집사 누나 눈 봐. 눈!

한국말을 잘하게 된 계기요?

갑자기 나한테 영어로 물어보면… 예…?

예…? 영어 울렁증이 있어요.
나는 한국 고양이라서요.

눈나~

(왜 나 안 봐?)

누나 좀 그만 불러

호섭　내 말 무시하냐!!! 대답을 하라고오!!!!!!! 으휴.

집사　호섭이, 집사는 쉬고 싶다. 증말이다….

"눈나~" 호섭 씨는 이 소리로 자주 울어요. 이 옹알이 소리가
'누나, 내 옆에 있어', '나 불안하니까 당장 내 옆에 있어 줘'라는
의미로 들려요. 큰누랑 작누가 수다를 떨고 있을 땐 '나 빼고 둘이
뭐 하냐~ 나도 끼워줘!'란 의미의 눈나! 화장실에서 나와 문 앞에
앉아있는 호섭이와 눈이 마주치면 '문 닫지 마!' 아니면 '나도 같이
들어갈래'란 의미의 눈나!

이 눈나는 호섭 씨가 정말 누나라는 단어를 알고 우는 게 아닐까
합리적인 의심을 해봅니다.

호섭 눈나, 의자! 해봐. '으' 아니고 '의'라고! '의'!

집사 으자…

호섭   아니… 아!

집사   으따… 우리으 사랑은 영원해불 것이여.

호섭   (할많하않) 답답하네….

집사가 호섭 씨를 보면서 가장 많이 하는 말?

왜 저래?

왜 저러는 거야.

호섭 아…아… (어그로 장인)

집사 갑자기 옆에 와서 '아…'하고 울고 가면 무슨 일 있었는지
궁금해지고 막 물어보고 싶고 그러잖아. 왜 무슨 일인데?

주말마다 가족 모두 집에서 각자의 시간을 보내는데요. 각자 놀고
있으면 호섭이가 항상 그 정적을 깨트려요. 그러면 동시에 웃음이
터지죠. 침대에 누워 있으면 "꾸르르앙!"하면서 옆으로 다가와
뭐 하는지 보고 그냥 바로 방을 나가요. 아니면 "야~!!"하고 큰
목소리로 울면서 방에 들어와 모두의 관심이 자기에게 향하게
하고요. 하루는 화장실에서 볼일을 본 후, 대변을 묻힌 뒤에
우다다를 하는 거예요. 다들 '왜 저래?'라는 표정으로 지켜보다가
나중에 상황을 알게 되고 호섭이를 씻겼는데, "가야 돼~!"하고
울면서 누나는 왜 그러냐고 억울하다는 듯 소리 지르더라고요.
　　정말 매일 봐도 이해가 안 가는 귀염둥이예요. 얘는 누구한테
배웠길래 상황에 너무 잘 어울리는 소리를 낼까요?

우리 호섭이는 관종인데 천재?

뭐래! 나도 누나가 이해가 안 돼.

호섭 교수님이 말씀하시겠습니다!

과제 했어…?

눈나, 안경이 삐뚤어졌잖아!

교수님, 저는 교수님 수업만 듣는 게 아닌데요?

　　호섭 교수님은 오늘도 다양한 사고(?)를 칩니다. 급하게 사료를 먹고 토해놓는다던가, 인간 화장실에 들어가 발에 물을 묻히고 본인 화장실에 들어가 발이 모래투성이가 된다던가. 다양한 사건, 사고를 일으키네요.

　　저는 호섭 교수님의 추가 과제를 거부합니다!

했냐구우…!?

오늘의 과제는 호섭어 외우기

호섭어	번역
 가…	나 잘래. 이제 불 꺼.
 에…에…	(관심 끌기)
눙아~.	누나~거기 있었어?
 야아!	나 불안하니까 당장 내 옆에 있어 줘.

호섭어	**번역**

하아~!!　　　　　　　누나!!

우르르앙 꾸르르앙.　　심심해. 놀자.

가야 돼~.　　　　　　나갈래, 놔.

케케케케켁.　　　　　벌레가 눈앞에 있어.
　　　　　　　　　　사냥할래.

이게 마음의 양식이라고?

냠!!!

집사   호섭이는 '가' 말고 '와', '와봐'도 할 수 있나?

호섭   뭐래, 다음.

누나는 왜 내가 놀아달라고 할 때
'잠시만~'이라고 하고 나~중에 놀아주는 거야?

언제까지 내가 먼저 물어봐야 해?

…아직도 자?

집사 미안미안, 내가 오늘 놀아주려고 했는데 깜빡했어!!
　　　우리 자기 전에 사냥놀이나 할까? 받아줘 제발~!

호섭 나 쫌 졸린데, 이제야?!?

잠시만~~? 나~중에?

고양이를 키우는 집사들의 하루 일과의 마무리는 사냥놀이가
아닐까요?

호섭이는 하루에 두 시간을 놀아야 하는 아이랍니다. 한동안
제가 정말 바빴던 적이 있어요. 일 때문에 바쁘고, 고민이 많아
시간이 없고. 그때는 그저 제가 만든 핑계로 호섭이와 약속한 놀이
시간을 지키지 못했습니다. 초반에 호섭이는 집 안을 돌아다니며
큰 목소리로 울었습니다. 마치 "왜 안 놀아줘? 우리 지금 놀아야
하는 시간인데 왜 안 지켜?!"라는 것 같았어요. 그 목소리를 한두
번 무시하니, 호섭이는 옆에 와서 한 번씩 제 종아리를 물었습니다.
"아얏!"하며 아래를 보면 다시 "야~!!!"하고 울더라고요.

또 몇 번 무시하니 이제는 다 포기하고 옆에서 누워 자곤
합니다. 그 당시 저는 제 몸의 에너지를 거의 다 사용한 상태였어요.
정말 미안하지만 호섭이에게 쓸 에너지가 없었습니다. 그렇게
시간이 흘러 이제 제가 괜찮아지니 호섭이가 놀지 않네요. 이제
아무리 장난감을 흔들어도 호섭이는 조금 놀다가 쓱 자러 갑니다.

제가 다가간 만큼 호섭이가 다가와 주는 그런 관계였는데,
언제까지 호섭이가 먼저 놀자고 하지 않을 거라는 사실을
알았는데도 저는 그때 왜 그랬을까요? 정말 후회가 됩니다.

지금 이 관계를 개선하기 위해 정말 큰 노력을 해야 하는데
앞길이 막막하네요.

누나 내 꿈은 발레리노~.

엥? 누나 어디 갔어? 발레리나 해야지!!

집사는 연기를 배우기로 한다

아니 이렇게 귀한 강아지풀을?!

감사합니다요, 짱입니다요!!

사냥감인 척 갑자기 나타나 초식동물의 눈망울로 바라보는 연기.

겁먹은 척 멈추지만 밟힌 지렁이처럼 꿈틀거리는 연기.

되려 쫓아가면서 긴장감을 주지만 본분은 잊지 않고 사냥감으로서 겁은 먹은 연기.

마지막으로 사냥당하고 죽은 척하는 연기.

에? 장난감 골라오라고?

누나가 들고 와.

잘해~.

알겠냐고~~

대답!?

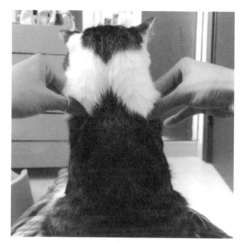

암요.

어깨도 주물러 드립니다.

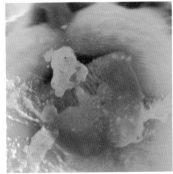

페페로니 헛바닥.

호섭 씨, 그거 가짜 배고픔이야

호섭이를 키우면서 알게 된 것이 있어요. 고양이는 먹으면 그루밍하고 자야 합니다. 아깽이 시절에 배고플까 봐 밥을 너무 풍족하게 줘서 그랬을까요. 어린 시절의 호섭이는 하루 종일 잤습니다. 당연히 감기저도 원인 중 하나였겠지만 그걸 감안하고도 호섭이는 정말 심각하게 오래 잤습니다. 그래서 지정된 시간에 정량만 줘봤는데요, 예상대로 조금 놀면서 돌아다녔어요.

간식도 마찬가지입니다. 사냥놀이가 끝나면 냉장고에서 간식을 꺼내 주곤 하는데, 이제는 냉장고를 열기만 해도 관심을 보이고 달려옵니다. 본인 줄 간식을 우리가 먹는다고 생각하나? 발아래에서 계속 안절부절, 꼬리를 부르르 떨면서 돌아다녀요. 우리는 알아요. 저거 가짜 배고픔이다! 김호섭은 조금 전에 밥 먹고 간식까지 다 먹었다고!! 하지만 어머니는 또 속습니다.

호섭 ㅂㅐㄱㅍㅏㅇ… 밥~.
집사 밥시간 아직 20분 남았어….

호섭 앙냥냥!! 배고파!!! 고양이 껌은 없나?

집사 그런데 그거 누나 손이야, 육포 아니에요.

아니… 놔 봐.

내가 제일 만만하지?!!

누난, 세상에서 내가 제일 만만해?

츄르가 아니라 츄르탕?! 물탄 츄르?!!!!!

고양이도 실망하고 삐집니다. 교감을 하다 보면 집사의 눈에는 호섭이의 기분이 보일 때가 있어요. 호섭이는 매일 약을 먹고 있는데요, 그만큼 간에 가는 부담감을 줄이기 위해 호섭이에게 열심히 물을 주고 있지만 하루 적정 음수량에는 절대 미치지 못합니다. 제 나름의 해결책은 츄르탕이었어요. 평소 호섭이가 좋아하는 간식인 츄르에 물을 섞어서 하루에 한 번 먹이는 방법이죠. 음수량은 늘었지만 온전히 츄르만 즐길 때보다 호섭이는 어딘가 서글퍼 보입니다. 그래도 안 되는 건 안 되는 거니까요. 호섭이에게 다시 한번 확실하게 말하려고요.

호섭 씨, 넌 이제 단독으로 츄르를 먹게 될 일은 없어.

호섭 누나 이거 봐. 그냥 츄르만 먹잖아? 혀에서 살살 녹아.

집사 음식 먹다가 그렇게 혀 보여주면 안 된다고 했지?

호섭   다음에는 츄르탕 비율을 츄르 9: 물 1로 바꿔주면 좋겠다. 쩝.

집사   츄르를 먹으면서까지 내 시선을 빼앗아 가야만 했니?

정말 악마의 스타성.

(킁카킁카) 뭐야~ 나 까까 줄라고?

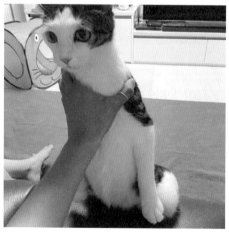

안 준다고…? (시무룩)

마! 내가 작으니까 만만해?! 내가 일어서면 꽤 커!

참치 습식 하나 먹고 싶다

아~ 쪼끔만 먹을게~~.

●●●●.▲▲.■■.Sat

오~늘은 토요일이다. 눈나들이 집 밖을 안 나간다. 신이 난다.

    울 눈나들은 심장이 콩알만 하다. 먍! 울어도 놀라고, 벽 타는 거 보여줘도 놀란다. 인생은 잘 살고 있겠지? 걱정이다.

오늘 눈에 보이는 털공들은 다 소파 아래에 넣어났다. 내일 꺼내야지. 내일도 이렇게 놀아야게따.

    참치 습식 하나 먹고 싶다. 끝.

(꿀꺽) 참치도

대서양 참치가 그렇게 맛이따~.

집사 뭐야, 왜 쳐다봐. 내가 뭐 잘못했어?

호섭 글쎄?

호섭이는 불편해!

?!!!!!

호섭 …(삐짐)

집사 호섭 씨, 누나가 뭘 해주면 기분이 좋아질까?

호섭이는 오늘도 이상한 자세로 앉아 인생 다 산 표정을 짓고 있습니다. 저 작은 머리로 무슨 생각을 하고 있을까요, 호섭이도 호섭이만의 고민과 생각이 있을까요?

동물병원에서 검사를 위해 채혈했던 날이었습니다. 수의사 선생님은 호섭이 팔에 지혈 테이프를 붙이기 전에 집에 가서 제가 뗄 수 있냐고 물었어요. 저는 당연히 가능하다고 했죠. 호섭이는 동물병원에 다녀오면 하루 종일 저랑 붙어있으려고 하거든요. 수의사 선생님은 대부분의 아이들이 병원을 다녀오면 마음이 상해서 한동안 집사의 손길을 거부한다는데 호섭이는 참 착하다고 하셨어요.

그런데 가끔 그런 생각이 듭니다. 알고 보면 호섭이가 배려심이 깊은 고양이라서 많이 참아주고 본인의 불편함을 속으로 꾹꾹 눌러 담고 있는 게 아닐까요. 불편함과 속상함도 누나에게 티 내면서 화풀이하지 않으려 속으로 삭이고 있는 게 아닐까요.

호섭이도 양치질이 너무너무 싫고, 목욕이 너무너무 싫고, 사실 병원 가는 것도 너무너무 싫겠죠? 그래도 호섭이는 참아주는 배려심 깊은 고양이, 옐로카드가 99장이 있고 참고 참다 레드카드 1장을 뽑아 드는 그런 고양이. 그런 호섭이는 오늘도 너무 귀여워요.

잘 참아줘서 고마워, 호섭아.

누나 자꾸 사람들이 불편한 게 있으면 편하게 말하래.

이런 거 물어보는 게 제일 불편한데…
나 MBTI I란 말이야.

참고 또 참았다

그러니까 트릿 하나~.

●●●●.▲▲.■■.Thu

나는 어렸을 때부터 다 참아야 했다. 변비니까 배를 꾹꾹 눌러도 참고, 약 먹어야 하니까 아침에 졸린데 누나가 갑자기 내 입을 벌려서 약이랑 물 넣어도 꾹 참고, 설사를 자주 해서 엉덩이 씻기 싫은데… 그것도 참고, 이빨이랑 눈에 염증이 자주 생겨서 이빨 닦고, 안약 넣는 것도 참고. 다 참았다.

　나도 싫다고 말하고 싶은데, 잘 모르겠다. 우리 누나는 내가 참을 때마다 미안하다고 하니까. 그냥 내가 잠깐 참으면 괜찮지 않을까? 에휴~ 이제는 별로 힘들지도 않고, 이거 하고 나면 간식도 주니까 별로 화는 안 난다.

참을

인(忍).

내 몸에서 나왔으니 내 것이다!

털공의 시작은 이렇게 작고 하찮았다~~.

🐾 털공 만드는 법

1. 고양이 털을 빗습니다.
2. 놀이터에서 모래로 주먹밥 만드는 거 다 해봤죠?
   그 느낌으로 털을 모아 조물조물 꾹꾹 뭉치세요.
3. 호섭이한테 그걸 물어보라고 해서 더 촘촘하게 뭉칩니다.
4. 공 굴리듯이 바닥에 굴립니다.

그럼 완성! 쉽죠~잉.

집사 털공 만드는 사람 따로 있고
       털 뿌리는 고양이 따로 있네.

호섭 뭐래~~.

호랑이는 가죽을 남기고 호섭이는 털공을 남긴다.

By 호섭

집사 이 털공 주인이 누구죠~?

호섭 저요~!

집사 (강제로 손 내리기) 아니 집사 꺼.

호섭 내크어라거어!! 하아ㅏ 악!

청포도 사탕눈

호섭 내 미모의 비결은 1퍼센트의 노력과 100퍼센트의 타고남.

집사 어, 맞아.

상대방을 바라보는 감정이 사진에서 느껴진다고들 하잖아요? 제가
찍은 호섭이 사진을 볼 때마다 마음이 몽글몽글해집니다.

저는 예쁜 모습을 담은 그림 같은 사진도 좋아하지만,
자연스럽고 다양한 표정이 담긴 일상 사진을 더 좋아해요. 그런
제 취향은 특히 호섭이를 찍을 때 더 드러나곤 합니다.

침대 이불보를 바꾼 날 이불 끝자락 냄새를 열심히 맡고 입을
벌리며 충격받은 표정,
장난감으로 열심히 놀아주면 장난감이 안 잡혀서 약이 오른
표정 같은 것들요.

짓궂은 모습을 담은 사진들을 SNS에 공유하면 사람들은 집사가
안티라고 장난스럽게 이야기합니다. 하지만 아무리 웃기게 찍어도
호섭이의 에메랄드 청포도 사탕눈과 엄청난 미모는 가려지지
않는답니다.

어쩜 이렇게
사랑스럽고 예쁘죠?

225

내 귀여움은 숨길 수 없어

●●●●.▲▲.■■.Sun

나 요즘 살짝 헷갈리는데… 내 이름이 '귀여워'인가? 우리 엄마랑 아빠,
누나들은 나만 보면 귀엽고 예쁘대~~ 자꾸 그런다? 너희가 생각해도 솔직히
나 좀 귀엽고 예쁘지? 나도 그렇게 생각해.

　　근데 그거 알아? 나 가까이서 보면 더 귀엽다?

심지어 볼펜 똥 눈도 귀엽고 예쁨.

집사   호섭이 자세가 좀 건방진 거어ㅓㅓㅓ얼~?

호섭   어쩔~.

이빨 요정님이 있다면
호섭 씨 이빨 좀 돌려주세요

집사 호섭 씨, 제발 조심하자.

호섭 나도 몰라. 진짜야.

우리 호섭이의 아랫니 앞니는 여섯 개였습니다.

정말 작고 하찮아서 집사는 매일매일 이빨 닦아주고 아끼고
아꼈습니다.

그런데 아침에 일어나서 발아래 누워있는 호섭이한테 뽀뽀하면서
뭔가 느낌이 쎄~하더군요. 자세히 보니 이빨 하나가 사라졌습니다.
아니, 나랑 같이 잠들었으면서 새벽에 뭘 한 거야?

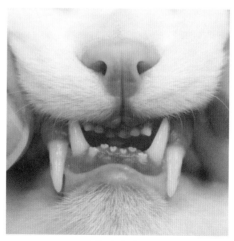

원래 여섯 개…

아~? (이빨들은 사회적 거리 두기 중)

그 유명한 '사랑니' 들어봤니?

꽃을 샀는데 호섭이 앞니가 생각났어요..

6 빼기 1은 5?
아니 사랑입니다.

완전하지 않아서 더 소중한 호섭 씨의 앞니 다섯 개.
귀엽고 좁쌀 같은 이빨은 튼튼하게 자라서 하트모양이 되었고,
사람들은 이 사랑니를 사랑하게 됩니다. 작고 하찮은 하얀 사물만
봐도 다 호섭 씨 이빨이 떠오른다는 사람들. 사실 저도요.

송곳니 세 개가 빠지고 마지막 남은 한 개.
너…너도!! 빠지라고!!

으힁! 영구치!!

집사   뭐… 귀엽긴 해….

호섭   흐~에

윗니는 다 있거든?!!

나 아랫니만 하나 없는 거고 윗니는 다 있거든?!!
왜 윗니는 없다고 생각한 거니…
나 앞니로 까까도 잘라먹고 털도 빗고 그러눈돼.

앞니가 존재감이 없어서 입 주변 근육으로 트릿을 물어야 하는 슬픈
고양이.
　　바로 그게 호섭이입니다.

북어 트릿을 먹을 때는 호섭이 입 속에 하나씩 쏙 집어넣어 줘야
해요. 하루는 바닥에 트릿을 놓아주고 먹게 하니 저렇게 입 주변
근육으로 물어서 던져 먹더라고요. 앞니 존재감이 이렇게 없어서
큰일입니다. 세 번 실패해서 제가 바로 입 안에 쏙 넣어줬답니다.

앞니 하나가 빠졌을 뿐이야

(이건 사실 송곳니…)

●●●●.▲▲.■■.Thu

새벽에 뛰어놀다가 어디에 머리를 박았는데 내 앞니 하나가 사라졌다.
살짝 아팠는데 난 씩씩하니까! 그냥 잤다.
그게 무슨 대수라고.

그런데 누나는 왜 울지?

호섭 아?!! 맞다!! 눈나 북어 트릿 샀어?

집사 아~ 북어 트릿 안 팔아서 소고기 트릿 샀어. 맛있겠지?

호섭 아, 왜애애!!!! (호쪽이)

집사 아~알겠어. 여기.

호섭 빨랑 내놔!

호섭　⋯끝내줬어

집사　(어그로 장인)

어쩌라고. 뭐요~.

산타 할아버지가 아르바이트생을 구한다고

호섭 누나 나 요즘 많이 먹지? 나 알바 구할게.

집사 내 눈에 모래가 들어가도 안 돼!!! 어딜 가!!

    누나가 잠 줄이고 일 더 할게!!!

저는 사실 제 생일도 잘 챙기지 않는 사람이었어요.

생일파티, 밸런타인데이, 크리스마스 등등 기념일을 챙기는 것도 귀찮다고 느껴지더라고요. 그런데 호섭이를 만나고, 사람들이 왜 기념일을 챙기는지 깨닫게 되었답니다. 그 핑계로 예쁜 옷을 입히고 싶은 마음, 제가 맞죠?

기념일, 명절을 핑계로

호섭이 예쁜 옷 입히고 싶은 마음,

그게 집사 마음.

누나, 내가 선물포장 아르바이트해서 누나가 좋아하는 커피 사줄게.

왜 안 된다고만 하는데, 면접만 볼게.

저기 예쁜 누나~ 예쁘네?

나는?

내 말 좀 들어 봐아아아

●●●●.▲▲.■■.Sat

눈나가 놀아주는 줄 알고 코 **뽀뽀**를 했따. 눈나가 다시 눕는다. 어이없다.

오늘 키를 쟀다. 나 허리가 많이 긴가 보다. 참 즐거워따.

분노의 다섯 단계

수의사 선생님 꺼져!!!

호섭이는 언제 화나냐고요? 분노의 다섯 단계가 있습니다.

> 극소노: 궁딩이 만질 때.
> 소노: 뽀뽀도 싫고 내려달라고 하는데 계속 애정표현 할 때.
> 중노: 이름을 너무 많이 불러서 고양이 질리게 할 때.
> 대노: 발목 깨물고 싶은데 못 하게 막을 때.
> 극대노: 본인 털로 만든 털공 뺏으려 할 때, 동물 병원에서
> 수의사 선생님 만날 때, 청소기 앞에 있을 때.

이중 극대노할 때는 하악질을 합니다. 하악질이라는 게 상대방에게
겁을 주기 위함도 있지만 겁 많은 고양이들이 본인을 방어하기 위해
내는 소리라고 생각해요.

 호섭이도 청소기로부터 본인을 방어하고 보호하기 위해서가
아닐까요? 그런데 수의사 선생님은 자꾸 채혈해서 아프게 하니까
미워서 그러고, 털공은 본인 냄새를 제거하기 위해 사냥 본능이
올라와서 그렇다고 치면 청소기는 호섭이를 괴롭힌 적이 없는데
왜 그럴까요? 그냥 호섭이가 청각적으로 예민한 고양이라서 그런
걸까요?

 하긴 큰누도 청각이 예민해서 작누가 "밥 먹어라!"라고 큰
소리로 부르면 화가 나기도 합니다. "밥 먹어~"하면서 조용하게
부르면 되는데 말이죠. 호섭이도 청소기에서 클래식 소리가 났으면
괜찮았을 것 같기도 하네요.

호섭　아악!!! 손 대지 뫄!!!

집사　상처다. 진짜… 내 손이 더러워?!! 우리 사랑이 식은 거야?

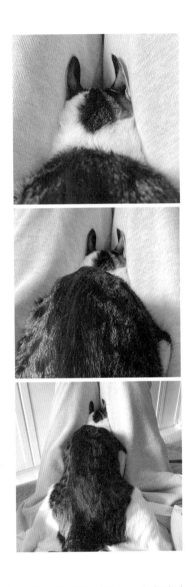

호섭 말 걸지 마, 발톱도 자르기 싫다고!! 저리 가라고!!!

집사 아… 못 찾겠네.

아니 내가 그러니까

집에 돌아오면

가방은 바로 장롱에 넣으라고 했잖아.

어어? 손 씻었어?

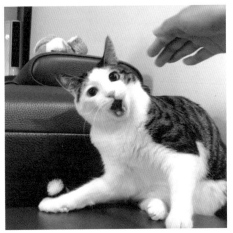

외출하다 들어오면 손 씻으라고.

호섭 야, 우냐? 뿝. 그러게 왜 가방을 바닥에 두고 가.

집사가 물건을 아무 곳에 두면 된다고 했어~ 안 된다고 했어~?

집사 고양이는 잘못 없어요. 다 집사 탓. 집사 잘못.

맞아, 나 앙큼해

웅?

헤헤.

!?

●●●●.▲▲.■■.Thu

이불이랑 인형만 깨물었더니 살짝 딱딱한 게 씹고 싶었다. 종이는 텁텁해서 싫고, 장난감은 조금 질리고.

　　누나가 집에 돌아와서 피곤한지 바로 잠을 잤다. 이건 뭐지. 처음 보는데 누나 냄새도 살짝 나고, 창문 밖 냄새도 조금 나고. 식감도 괜찮다. 히히. 내 꺼 해야지~

254

그러니까~

나도 문어도 줘~~~.

맛있는 건

다 먹을 수 있어.

저 고양이예요

호섭 누나가 뭘 알아!!! 사람이면서!!!

집사 ??? 호섭이는 왜 이렇게 싫은 게 많을까. 고양이들은 다 그런 거야?

호섭이는 꼭 해야 하는 일은 아무리 싫어도 참아줍니다. 그런데 그 외에는 모두 본인 맘대로입니다. 오늘은 괜찮고 어느 날은 똑같은 행동을 해도 엄청나게 싫어해요. 고양이라서 까탈스러운 걸까요? 아니면 호섭이만 이러는 걸까요? 안아달라고 하길래 안아줬더니 싫다고 하고, 어제만 해도 좋아하던 장난감을 오늘은 흔들어줘도 반응이 없고, 일 년 동안 관심도 없던 캣타워를 중고로 팔려니까 갑자기 좋다고 하고, 한동안 닭가슴살맛만 좋아하다가 이제는 참치맛만 좋아하는 호섭 씨. 왜 그러는 거야.

나 숨어따.

257

거짓말하지 마, 바람개비야.

아닌가? 물개가 맞나?

쓰읍… 귤인가?

Q. 호섭 씨, 너도 네 마음을 몰라?

저요?

몰라~ (어깨 들썩) 나도 내 맘을 모르겠어~.

말 많은 고양이

내 말 이해했어?

내가 뭐라 했어, 말해봐.

내가 말이 많~아?

…그런가?

●●●●.▲▲.■■.Mon

우리 누나는 공감을 잘해준다. 내가 무슨 말을 해도 "그렇구나~"라고
해주는데 그럼 내가 말할 맛이 난다. 이래서 우리 가족들이 말이 많은 걸까.
　　그런데 가끔은 내가 화장실 빨리 치워달라고 하거나, 간식 좀 달라고 할
때 누나는 대답만 하고 움직이질 않는다. 뭐지. 제대로 알아듣는 거 맞겠지?

261

얘… 가까이 와봐아아.

인누와!!

어떻게 누나가… 감히?! 내 엉덩이를 만져?!!

밤에 말이 많은 호섭 씨는 "후에, 하아, 카하아"라면서 말을 걸지만 집사는 사람이라 뭐라는지 모르겠습니다. 그래서 그냥 대강 "어엉, 으응, 어어"하면서 대답합니다.

　우리 대화가 되는 거 맞겠죠?
　호섭이가 집사를 바보로 생각하는 건 아니겠죠?

나 사실 눈나보다 똑똑해!

진짠데?

진짜라구~~~!

호섭이는 잡기 놀이를 할 때면 침대 뒤, 눈앞에 보이는 장난감에 딱 숨어있습니다. 제가 지나가기만을 기다리면서요. 그런데 어쩌죠. 너무 눈에 띄는데요. 집사 눈에는 호섭이의 몸이랑 기대에 찬 호섭이의 얼굴이 다 보입니다. 성심성의껏 제가 놀라는 척을 하면 호섭이는 뿌듯해하면서 도망갑니다.

그래도 호섭이가 눈치는 또 빨라요. 동물병원에 가야 할 때 집사들이 아직 이동장을 건드리지도 않고, 동물병원에 가려는 분위기조차 안 만들려 노력하는 상황에서도 바로 눈치채고 안방으로 재빠르게 도망가서 몸을 웅크리고 있어요. 우리들이 못 찾는 곳으로 숨으려고 하는데요.

숨는 곳은 바로 안방 침대 옆.

아~ 어디 있나. 어디 숨었나.

집사　아~~ 안 보인다. 호섭이가 어디 있지?

호섭　키키키 킥! 누나 바본가? 내가 너무 잘 숨어서 날 못 찾네.

호섭 씨, 고양이가 코에 모래를 묻히고 나오는 건
사람이 화장실에 갔다가 바지에 휴지 달고 나온 거랑 똑같잖아.

호섭 키킼ㅋ 눈나는 모르겠찌ㅋㅋㅋ 나 꼬리 무게 뺐는데ㅋㅋㅋ

사실 나 5kg임ㅋㅋ

집사 (…? 꼬리??)

아!

까먹고 면도 안 했다고!!!

나 홀로 집에???

호섭 제가 좀 맘고생을 했어요. 하아, 오늘은 푹 자야지.

집사 사실 나도…

호섭이랑 가족이 된 후로 가족여행은 꿈도 꾸지 못했습니다.
보통 가족여행은 명절이나 공휴일에 맞춰 일정을 잡는데 그때는
펫시터를 찾는 일이 하늘에서 별 따기 수준으로 힘들거든요.
게다가 호섭이는 아침저녁으로 시간 맞춰 약을 먹어야 해서 더
찾기 힘들었습니다. 그래서 평소엔 큰누, 작누 중 한 명이 여행을
포기하고 집에서 호섭이를 케어하곤 했습니다.

귀 뒤쪽 땜빵… (스트레스성 탈모)

우리 집이 유난인 게 아니라 대부분의 집사들이 여행을 포기하게
됩니다. 고양이들은 스트레스에 정말 취약하기에 집사가 집에
없으면 탈모가 생기거나 구토를 하고 몸이 아프기도 하거든요. 그
경험을 한 번이라도 한다면 여행? 꿈도 못 꾸죠.

　호섭이가 세 살 때, 우리는 가족여행을 한 번 다녀왔습니다.
이때도 친구가 아니었다면 저는 무조건 포기했을 거예요. 우연히
스케줄이 가능했던 친구는 3박 4일간 우리 집에 숙박하며 호섭이를
케어해줬습니다. 그것도 아주 정성껏, 정말 섬세하게요. 이런 친구를
사귄 과거의 나 자신! 정말 칭찬합니다. 친구도 고양이 두 마리가
있는 집사라서 더 안심하고 여행을 즐길 수 있었어요. 하지만
호섭이의 결론은 귀 뒤쪽 땜빵(스트레스성 탈모)이었습니다. 아무리
신경을 써줘도 개복치 수준으로 예민한 우리 고양이를 위해 몇 년간
가족여행은 없을 예정입니다.

다들 어디 갔지?

난 가끔 눈물을 흘린ㄷr
(사실 눈에 먼지 들어가서 인공눈물 넣음)

●●●●.▲▲.■■.Fri

다 날 버렸나?
모르는 사람이 집에 있고, 우리 가족들은 어디 갔지?
혼란스럽다.

가족들 없이 보내는 첫날은 조금 힘들었다. 이 사람은 나 스트레스받지 말라고
멀리서 지켜봐 준다. 그건 고맙지만 가족들이나 빨리 집에 왔으면 좋겠다.
내 일상이 망가졌다. 가족들을 보호하고 지키기 위해 순찰을 하는 건데
가족들이 없으면 소용이 없다. 아무리 이 사람이 노력해도… 난 우리 가족을
기다릴 거다. 내 마음에 들려고 노력하는데 어림없지.

273

눈나, 오늘 기분이 별로야?

호섭 내가 옆에 있어줄까?
집사 응. 위로가 된다.

누군가의 존재 자체가 위로된다는 말, 믿을 수 있나요. 저는 일을 하다가 잘 풀리지 않아서 짜증날 때 옆에 있는 호섭이 한 번 쓰다듬으면 '그래, 호섭이랑 같이 살려면 해내야지!'라는 생각이 듭니다. 동물학대 뉴스를 보고 마음이 좋지 않을 때 옆에서 자고 있는 호섭이 겨드랑이에 얼굴을 파묻고 숨을 크게 들이마시면 심란했던 마음도 차분하게 가라앉습니다. 그리고 사람과의 관계로 힘들 때도 호섭이를 꽉 껴안으면 부정적인 감정들도 눈 녹듯이 사라집니다.

　이 작은 아이의 존재감은 제 온몸을 덮을 만큼 정말 크네요.

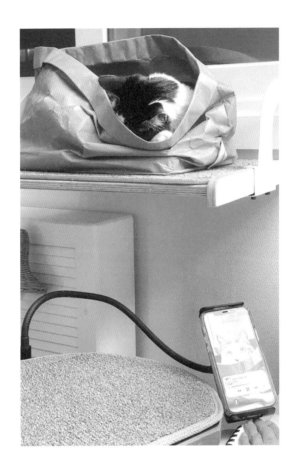

바쁠 때 고양이가 필요한 사람?

저요!!! 숨숨집에서 자고 있는 호섭이, 그 상태 고대로 들고
바로 옆 창틀해먹에 올려놓기! 그래야 일하다 화나도 바로 풀림.
저만 그런 거 아니죠?

(주기적으로 고양이 치료가 필요합니다.)

집사의 자문자답

[문] 제일 일하기 싫은 날은?

[답] **맨날.**

엉엉.

누나~

그거 알아?

집사의 재택근무는 고양이들의 우울증 원인이야.

음냐… 음냐아… 깨우지 마

눈이 안 떠져.

●●●●.▲▲.■■.Wed

누나가 일하는데 왜 내가 피곤하지?

　　누나가 집에서 아침부터 밤까지 일한다. 같이 있어서 참 좋았는데…
이제는 나도 지친다. 아니!!!! 뭐 쫌만 힘들면 나한테 와서 "호쩝~~ 널 만져야
힐링 돼~"하면서 귀찮게 한다. 나 자는데~~! 자꾸 뽀뽀하고 얼굴 비비고,
심지어 내가 자고 있는 스크래쳐나 숨숨집을 그대로 들고 본인 옆으로 위치를
옮긴다. 나한테도 혼자만의 시간이 필요하다고.

　　졸려…

집사　호섭이 고독을 알아?

호섭　흐…

나 좀 귀엽다?

누나는 내 세상의 전부?

집사　호섭 씨는 어쩜 365일 사랑스러울 수 있죠?

호섭　나? 그냥 이렇게 태어난 건데?

챗바퀴 같은 일상이 익숙해서 지루하다는 글에, 챗바퀴 같은
일상이라도 함께하는 일분일초가 소중하다며 작게 반짝이는
시간이 잘 기록되어 다행이라고 어떤 팔로워님이 집사를 위로하는
댓글을 달아줬습니다. 호섭이의 평범한 일상을 기록하고 재미가
없어도 옆에서 그 순간을 소중하게 여겨주는 분들 덕분에 호섭이의
일분일초는 더 값지고 소중해져요.

SNS로 호섭이의 일상들을 공유하면서 가끔은 짧은 클립만 보고 오해를 받을 때가 있어요. 예전에 어떤 외국인 수의사 선생님이 호섭이 영상에 대해 공개적으로 동물학대라며 저격하는 영상을 업로드한 적이 있었습니다. 어느 한 해외 팬분이 그 영상을 보고 영어로 번역하여 제게 알려줬었죠. 당시 그 수의사 선생님은 호섭이와 전혀 상관없는 사실을 전달하고 있었는데요, 그 게시물로 인해 마녀사냥이 시작되고 있었습니다.

갑자기 외국인들의 악성 댓글과 욕이 담긴 DM이 너무 많이 와서 당황했는데, 그 이유를 알게 되니 저도 사람인지라 심장이 빠르게 뛰면서 손이 떨리더군요. 그 수의사 선생님에게 개인적으로 연락을 했지만, 메시지 확인을 하지 않아서 저는 강하게 나가기로 마음먹었답니다. 호섭이 계정을 보는 분들에게 수의사 선생님의 이야기는 내용은 사실이 아니라고 설명하며, 영상 신고를 부탁했어요. 다행히 많은 사람들의 도움으로 영상은 내려갔지만, 사과는 없었어요. 알고 보니 수의사 선생님은 호섭이와 닮은 다른 고양이랑 호섭이를 착각하고 비난했던 거였습니다.

이 사건 말고도 이런 비슷한 일들이 많았답니다. 사실이 아닌 것으로 오해를 받고, 진심이 의도와 다르게 변질되어 오해가 생겼을 때도 있었습니다. 그럴 때 꽤 크게 상처받았어요. 모두에게 사랑받을 수 없다는 사실은 너무나도 잘 알고 있어요. 그리고 모두에게 좋은 사람, 착한 사람으로 인정받기를 원하는 것도 욕심이라는 사실을 알고 있습니다. 그래도 세상에 혼자 남겨진 것 같은 기분일 때 날 꽤 괜찮은 사람으로 보고 있는 호섭이와 호섭이 팬들의 사랑만 있다면… 나름 괜찮을지도 모르겠습니다.

맞아! 우리는 모두에게 사랑받을 수 없어! 나도 알아.

하지만 너한테는 받아야겠어. 내놔, 사랑!

회장 선거에 출마합니다. 인기 많은 애들이
나가서 나가기 두렵네요.

어이 멋쟁이. 하하 유니버스 알아? 너는 본인이
비교적 인기도 없고, 평범하다고 생각하는데,
너 꽤 인기 많고, 그 사실을 너만 모르는
세계관이야. 떨어져도 이것만 기억해. 너만
모르는 너의 인기. 그 인기쟁이들 사이에서
1, 2위를 다투는 것일 뿐.

나 좋은 회사를 목표로 취업을 준비 중이야.
친구들은 다 취직했는데, 나만 너무 늦은 것
같기도 해. 나 잘할 수 있을까?

있잖아, 나 다른 아가들은 점프해서
이리저리 올라갈 때 바닥에서 걸어 다니기도
힘들었거든? 그런데 지금은 내가 원하는 곳은
다 올라간다? 남들보다 조금 느려도 나만의
속도가 있기 때문에 내가 올라가겠다는
의지만 있으면 해낼 수 있어. 너도 할 수 있어!!!

아줌마네 한 살배기 아기가 아빠를 너무 싫어해.
어떻게 해야 친해지려나?

나랑 청소기 관계랑 비슷한가? 밥, 간식, 놀이
시간 다~ 재밌고 좋은 거~~ 아빠가 하면 돼.
그럼 그 친구도 마음을 열거야.

쉿 그만. 아무 말 하지 마 ✨ 나의 아기고양이

4장

가장 아끼는 호섭 씨에게 해주고 싶은 말

집사의 편지

화초처럼 키웠는데 잡초처럼 자라는 중.

어?? 김호섭 눈 똑바로 떠!

2020년 5월 20일, 친한 언니의 영상통화로 시작된 우리의 인연.
저는 한 시간 반이라는, 길다면 긴 시간을 달려가 호섭이를
만났습니다. 결막염 때문에 눈은 잘 못 뜨고 힘도 없었지만 날
뚫어져라 바라보는 그날의 호섭이를 잊을 수가 없습니다. 하루하루
열심히 살아가다 건강을 조금 회복했을 때 호섭이는 자꾸 방을
나가서 거실을 활보하며 영역을 넓혀갔어요. 이 넉살 어디서 배운
걸까요.

그리고 지금은 그냥 막내 남동생이 되었습니다.

어?? 김호섭 눈 똑바로 떠!

누나~ 저기 봐봐,
저기 까치가 나보고 인사해.

우리 호섭이는 평생 아가야

집사 호섭이 어른이면 어른답게 감정 컨트롤도 하고 그래야지!!

호섭 알았어… 난 어른이니까!

호섭 에붸붸~ 어쩌라고~. 울 엄마는 나보고 응애 아가라고 했어.

집사 (머리 지끈)

감정이 휙휙 바뀌는, 거의 뭐 이중인격의 고양이.

호섭이는 화장실에서 엉덩이를 씻을 때는 눈나 팔을 한번 물고 계속 화를 내다가 화장실에서 나가면 화장실은 너무 위험하다며 누나도 빨리 탈출하라고 집사를 걱정해줍니다.

보상으로 간식을 주면 행복하게 애교부리면서 먹다가, 턱을 닦아주려고 하면 놓으라고 짜증을 내지요. 집사는 매 순간 호섭이의 감정에 끌려다니지만 그래도 미움받지 않으려고 최선을 다하게 됩니다.

이게 사랑이 아니면 뭘까요?

집사 안녕하세요, 저는 쓸개입니다~ 간이기도 하죠.

호섭 씨한테는 간이고 쓸개고 다 줄게.

호섭 굿!!

어릴 때부터 동물을 정말 좋아했어요.

　산책하는 강아지와 눈이 마주치고, 길고양이들을 우연히 볼 때 그런 순간들이 제게는 정말 큰 행복이었습니다. 어릴 때는 놀이터에서 곤충을 잡아와서 동물도감을 보며 키우기도 하고 인형을 반려동물이라고 여기며 놀기도 했죠. 현실적으로 반려동물을 키우기 힘든 상황이었기에 나중에 커서 반려동물을 키우겠다는 다짐을 마음 한구석에 숨기면서 성인이 되었습니다.

　…그리고 성인이 된 후에는 생명에 대한 책임감의 무게도 나이와 비례하여 크게 느끼게 되었던 것 같아요. 한 생명과 함께 할 때는 돈과 시간이 든다는 것, 그리고 만나면 언젠가 이별해야 한다는 것. 이런 걸 생각하니 내 인생에 반려동물은 없다고 다짐하며 살았습니다.

그러다 호섭이를 만나고, 입양하게 되었을 때는 책임감과 두려움 때문에 겁도 났어요. 이게 맞나 싶기도 했죠. 하지만 후회하냐고 물어본다면…

　아니요, 저는 호섭이를 만나 더 넓은 세상을 알게 되었습니다.

행복을 돈으로 살 수 없다면, 혹시 돈이 모자란 건 아닌지 확인해봅시다.

저는 창틀해먹을 사고 행복해졌거든요. (By. 블랙코미디 호섭)

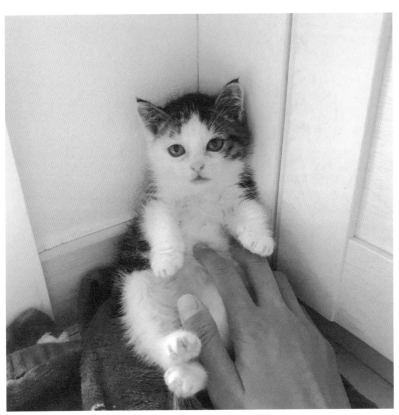

저 진짜 한 푼도 없어요.

네게 묻고 싶은 말이 있어

헤드폰은 어떻게 쓰는 거임?

얼굴 옆에…?

귀에?!

골전도 헤드폰이야 뭐야?

뭐? 거실 한복판에 누워있는 고양이 처음 봐?

호섭이에게도 물어보고 싶습니다. 고양이가 말을 하게 된다면
얼마나 좋을까요? 가능한 일이라면 호섭이가 이해하기 힘든 행동을
할 때마다 왜 그런 행동을 하는지 물어볼 수 있을 텐데요. 저는
호섭이에게 물어보고 싶은 것들이 참 많습니다.

호섭이는 왜 그렇게 잠이 많아?
가만히 앉아서 누나 볼 때 무슨 생각해?
왜 이렇게 귀여워?
이 노래 좋은데 같이 들어볼래?
그런데 너는 헤드폰을 어떻게 써?

아~ 나 일자목이래. 어쩐지 승모근이 아프더라.

잠시 쓸게~.

날 놓아주겠니? 정중하게 말할게, 누나.

호섭 피고… 내요우.

집사 호섭 씨, 편하게 그냥 침대가서 자… 마음 불편하게 왜 옆에서 그래.

집사 야 한입만 줘라아 뭔맛인데.

호섭 노놉. 나만 먹어야지.

영원히 함께하자

집사 다급하게 호섭아!!!! 부르면 용감하고 당당하게 누나를
구하러 오는 호섭 용사님. 멋찌다고!!

호섭 으흉. 울 눈나는 손이 참 많이 가. 또또 뭐? 내가 뭘 도와줄까?

인스타그램을 꽤 오래 하면서 많은 사람들과 맞팔을 해왔어요.

2023년 8월부터는 조금 강하게 번아웃이 왔어요. 인스타그램에 들어가서 사람들의 소식을 듣는 것이 조금 버겁고 게시물을 올리는 게 귀찮아졌습니다. 그냥 내 하루가 내 것이 아닌 기분이었거든요.

그런데 어느 날 오늘은 인친들과 소통을 조금 해야지! 라는 마음으로 피드를 보는데, 한 아이의 사망 소식이 올라와 있었습니다. 노묘였지만 누구보다 건강해 보였던 아이. 언젠가 헤어짐이 있다는 것은 알았지만, 내 고양이가 아니었지만 그 소식을 보고 저에게 내려앉은 감정은 너무나 큰 슬픔이었습니다.

저는 그냥 호섭이를 안고 펑펑 울었습니다.

호섭이의 세월도 저만큼 흐른다면
그때의 나는 그 감정의 무게를 어떻게 견딜까?

그래서 더 SNS에 들어가기가 두려워졌던 것 같습니다.

고양이의 생은 인간의 것보다 짧으므로 이별의 순간이 빨리 찾아올 수 있다는 것은 머리로는 알고 있습니다.

2021년 4월 8일, 호섭이의 생일 이틀 전에 고열로 호섭이가 정말 많이 아팠던 순간이 있었습니다. 제 예상보다 호섭이와 더 빨리 헤어질 수 있겠다는 생각이 들었습니다. 함께하는 첫 번째 생일인데, 불안한 마음이 가득했어요. 생일을 그렇게 통째로 날려버렸습니다. 그 이후로 생일만큼은 더 특별하게 만들어주려고 노력하고 있어요. 혹시 모를 이별이 오더라도 우리는 하루하루 서로를 열심히 사랑했고, 후회 없이 아끼고 집중하며 살았다는 사실이 저에게는 위로로 다가오리라 믿거든요.

저는 호섭이를 너무나도 사랑하기 때문에 호섭이가 없는 삶은 정말 상상하기가 싫어요. 하지만 이후의 삶이 찾아오더라도 호섭이에게 미안한 마음으로 후회하고 싶지 않기 때문에 매일매일 호섭이에게 집중하며 살고 있습니다.

4월 10일! 오늘은 내 생일이에오 🐱

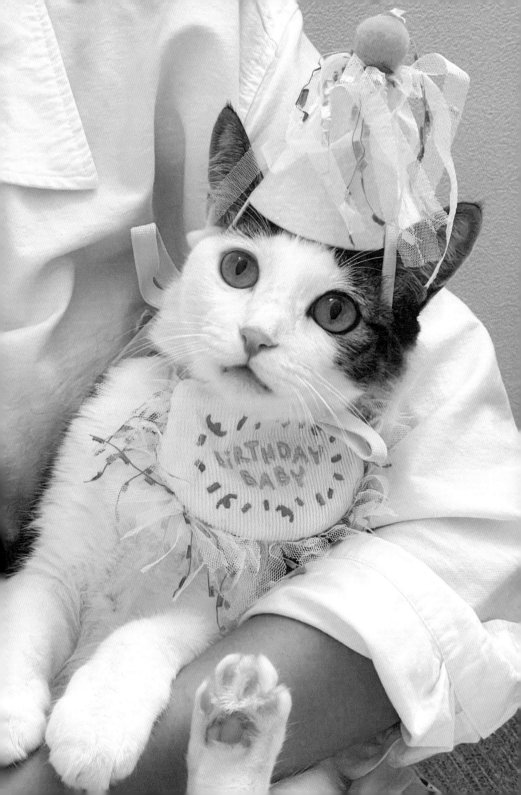

인생은 속도가 아니라 방향이다.
여기서 속력이라고 정정하는 사람 꼭 있다. 그냥 넘어가라. 그게 인생이다.

— 호섭 曰

눈나? 거기서 뭐해?

나 기다리잖아.

놀다가 너무 힘들어서 쉬고 있는데 쫓아와서 눈치 주는 호섭 씨.
언제까지 쉬나 지켜보는 철두철미한 호섭 씨.

나~도 고양이랍니다~

박스 좋아요~

아 아침이라 부었다고.

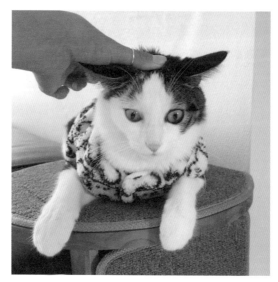

찍지 말라고!!

말 많은 고양이 호섭이에게

호섭아, 안녕? 큰누나야. 큰누나는 편지를 잘 쓰지 않아서 지금
이렇게 편지를 쓰는데 무슨 말을 해야 할지 잘 모르겠어. 그냥 일단
한번 써볼게.

　　누나가 요즘 제일 즐겨보는 프로그램들은 오은영 선생님이
나오는 프로그램들이야. 오은영 선생님의 프로그램을 보면 아이의
인터뷰에서 부모와 관계가 좋지 못하고 매번 혼나는 아이, 부모에게
욕을 하고 때리는 아이들도 모두 엄마, 아빠가 좋다고, 나를 조금
더 좋아해줬으면 좋겠다고 말해. 그리고 부모가 아이들에게 마음의
상처를 준 상황에서 아이들은 어떻게 해서든 부모를 이해하려고
하더라. 왜냐하면 언제나 부모가 아이를 사랑하는 것보다, 아이가
부모를 더 많이 사랑하기 때문이래. 아이에게 부모는 세상의
전부거든. 누나는 이 말이 반려동물에게도 해당한다고 생각해.
누나가 호섭이 아기일 때 호섭이 항문을 물티슈로 자주 닦아서 다
헐었던 적이 있었지. 그래도 호섭이는 누나만 쫓아다녔어. 누나가
아침에 늦게 일어나서 약 시간, 밥시간 다 놓쳤을 때도 너는 그냥
공복에 토하면서 내 옆에서 꼭 붙어 자더라. 일에 지쳐 놀아주지
않아서 스트레스를 받아도 누나가 잔업을 할 때 옆에서 한참을
지켜보다가 잠들고, 내가 실수로 발을 밟았는데도 아파서 깡, 하고
울며 꼬리펑♥하고 튀어 나간 다음에 미안해하는 날 보면 넌 다시
쪼르르 다가왔지.

> ♥ 고양이가 꼬리를 크게 부풀리는 행동.
> 예기치 못하게 놀랐거나 흥분했을 때,
> 동족끼리 싸울 때 주로 한다.

너는 누나가 화장실에만 들어가도 문틈 사이 머리를 비집어 넣어 꼭 나를 지켜보고 있어. 설거지하러 부엌에만 가도 너는 설거지가 끝나기만을 기다리다 뒤돌아본 나를 보고 반갑다고 소리를 지르고 꼬리를 바르르 떨며 다가오지. 그리고 누나가 내민 주먹에 호섭이는 머리를 비비며 애교를 부리잖아? 누나는 그럴 때에 더없는 행복을 느껴.

　　뭐가 그렇게 반가울까.
　　내가 그렇게 좋을까.
　　내가 뭐라고.

네가 주는 사랑에 비해서 내 사랑은 너무 작은 것만 같아서 죄책감을 느끼곤 해. 그냥 막연하게 미안한 기분이야.
　　너라는 작은 존재에게 너무나 과분한 사랑을 받는 것만 같아. 내가 네 세상의 전부가 될 만한 가치가 있는 사람일까? 가능하다면 너의 사랑을 받을 만한 가치가 있는 사람이 되고 싶어. 그렇기에 나는 조금 더 나은 사람이 되려고 해. 나를 더 나은 사람이 되게 해줘서 고마워.

　　호섭아 누나가 매일매일 더 사랑할게.

삭막했던 내 인생에 한 줄기 빛이 되어줘서 고마워.

민들레 홀씨 아닙니다. 먼지도 아니에요.

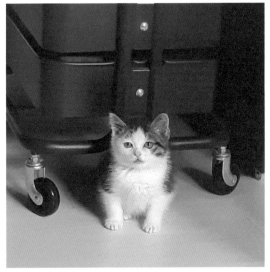

우리 집 소중한 고양이예요.

너의 행복

누나랑 낮잠자기.

아침에 노곤노곤 큰누 침대에 누워 자고 있을 때 호섭 씨는 아침
인사를 하러 찾아온 가족들의 손길에 고롱고롱 행복해해요.
그렇게 기지개를 쭈욱 켜고 일어나 창가로 이동해 창밖 구경을 하고
아침을 먹으면 호섭 씨는 너무나 행복해해요.

집사는 그 행복이 눈에 보여서 더 행복해요.
이런 소소한 행복이 영원했으면 좋겠어요.

진짜 그럴까. 호섭이가 말해줬으면 좋겠다.
호섭이는 언제 제일 행복해?

나는 빈센트 반 호섭

트릿 세 알만 주시면
초상화 그려드립니다.

모두를 지켜줄게!

마법 고양이 히어로 호쩝.

해피 해피 해피 캣.

눈나~!! 가!!

가나다라… 한글의 아름다움을 알리는 대한민국 코리안 숏헤어
김호섭!

　　잠잘 때 "가… 가! 저리 가!"라고 울며 옆에서 잠이
들지만 누나는 안 가! 옆에 꼬옥 붙어있을 거야!!

호섭 씨는 본인이 고양이라는 사실을 알고 있어요?

어? 내가? 고양이? 거짓말하지 마!(정색)
누나라도 이런 거짓말은 용납 못 해!

이건 사실이 아니야… 나는 우리 가족들이랑
말이 통하고, 동물병원 고양이랑은 말이 안
통하는데?

TOP

저기 내 옷 좀 봐봐

HAIR

나 머리 마음에 안 들어서

미용실 다녀왔는데 어때?

ACCESSORY

예쁜 애들이 하는 거야

나랑 쪼꼼만 더

이걸로 놀아주면 안대?

이게 모지?

뭐? 마법의 구슬?!

그럼 소원을 빌어줄께!

수리수리 마수리~

이 책을 본

당신은

행복해질 거야~~.

도장 꽝!!!

너의 모든 발걸음이
반짝반짝 빛나길

말하는 고양이 호섭 씨의 일일

초판 1쇄 발행 2024년 3월 6일
초판 2쇄 발행 2024년 3월 12일

글·사진 김주영
펴낸이 성의현
펴낸곳 (주)미래의창

책임편집 김다울

출판 신고 2019년 10월 28일 제2019-000291호
주소 서울시 마포구 잔다리로 62-1 미래의창빌딩(서교동 376-15, 5층)
전화 070-8693-1719 팩스 0507-0301-1585
홈페이지 www.miraebook.co.kr
ISBN 979-11-93638-09-5 (03810)

※ 책값은 뒤표지에 있습니다.

생각이 글이 되고, 글이 책이 되는 놀라운 경험. 미래의창과 함께라면 가능합니다.
책을 통해 여러분의 생각과 아이디어를 더 많은 사람들과 공유하시기 바랍니다.
투고메일 togo@miraebook.co.kr (홈페이지와 블로그에서 양식을 다운로드하세요)
제휴 및 기타 문의 ask@miraebook.co.kr